「資深偽正太」

CHARACTER FILE

SHALOM ACADEMY

寒川 黑天狗

當掉，全部重修。

Blood Type A

Height 180 (152cm……)

外表年齡：12(偽裝前) / 40(偽裝後)
實際年齡：854
生日：1/1
興趣：表：深造鑽研異能力操控
　　　裡：收集可愛的東西
專長：咒術操控
喜歡的東西：泡澡、可愛的物品
討厭的東西：錯誤百出的作業、山寨品

教授異能力實作。在數年前的戰役受了詛咒，外表變成少年模樣，能力大受限制，平時以幻術偽裝成中年人。個性嚴厲尖酸，但被福星發現不為人知的一面。

「生猛獸族。隱性傲嬌」

HARACTER FILE

SHALOM ACADEMY

Brad

布拉德 狼人

多說無益，是男子漢就用拳頭來溝通！

Blood Type B

Height 188

外表年齡：19
實際年齡：98
生日：4/1
興趣：鍛鍊自我、極限運動
專長：武術、家政
喜歡的東西：在陽光下揮灑汗水
討厭的東西：闇血族

狼族。身材精壯，體術全能，個性豪邁火爆的硬漢。但陽剛的外表下，也有細膩感性的一面。喜歡溫柔婉約、含蓄嬌柔的女性，異性緣極佳但是意外的純情，面對喜歡的人會不知所措。

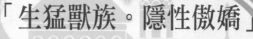

「強效去汙」

CHARACTER FILE

SHALOM ACADEMY

Dan Juan

丹絹 蜘蛛精

這種等級的作業對你來說有這麼難？
你的腦袋是裝飾用嗎？

Blood Type A

Height 179

外表年齡：17
實際年齡：99
生日：9/7
興趣：鑽研知識
專長：各科全能，清潔保健。
喜歡的東西： 排列整齊的書櫃
討厭的東西：髒亂不潔。

翡翠的室友，學年榜首，求知若渴，圖書館常客。個性一絲不苟，對自我要求嚴格，對他人亦是，偶爾會展現自恃甚高的優越感。喜歡整潔規律，討厭髒亂、不受控制的事物。

「聖母降臨」

CHARACTER FILE

SHALOM ACADEMY

Zhu Yue

珠月 蛟人

……你還好嗎？不要過度勉強自己，
我會幫你的。

Blood Type **O**

Height **168**

外表年齡：17
實際年齡：97
生日：3/5
興趣： 欣賞少年間的不純友誼互動
專長： 水中競技、文學、3C用品操作維修。
喜歡的東西： 花卉、男人的友情
討厭的東西： 海底油井、逆CP

福星的好友。宛如聖母一般的溫柔敦厚。清靈秀麗的外表，在部分男同學間人氣甚高。對電腦及數位商品出乎意料的精通。似乎有些不為人知的怪異興趣......

GOBOOKS
& SITAK
GROUP ©

GOBOOKS & SITAK GROUP©

三日月書版

三日月書版

SHALOM ACADEMY
of Special Animate Beings
Since 1692.
蝠星東來
Presented by LAN QI ZUO REN
novel.藍旗左衽 illust.ダエ
2
三日月書版
輕世代
FU0194

Characters

Shalom Academy
Character File

「新手妖怪研習中」

賀福星 Fu Xin

外表年齡：16
實際年齡：18
生日：7/17
興趣：電玩、動漫、網拍
專長：自得其樂
喜歡的東西：和朋友在一起
討厭的東西：重補修

混血蝙蝠精

呃，我當了18年人類，
要我馬上習慣妖怪身分，太強人所難了啦！

Shalom Academy
Character File

「警告：危險勿近」

理昂．夏格維斯 Leon

闇血族

外表年齡：18
實際年齡：198
生日：11/3
興趣：閱讀
專長：冷兵器
喜歡的東西：安靜閱讀
討厭的東西：被迫做不想做的事

你並沒有照顧我的義務，你到底有什麼企圖？

Characters

Shalom Academy
Character File

「嚴禁餵食」

洛柯羅 Rocort

外表年齡：18
實際年齡：？
生日：？
興趣：吃、和福星玩
專長：連續不斷地吃
喜歡的東西：吃點心
討厭的東西：蔬菜

妖精

吶，你身上有甜甜的味道，是食物嗎？

Shalom Academy
Character File

「拜金奸商」

翡翠 Emerald

外表年齡：18
實際年齡：98
生日：6/6
興趣：賺錢
專長：數學、歷史
喜歡的東西：營業盈餘
討厭的東西：營業虧損

風精靈

免費？我豈是膚淺到把友情看得比錢還重要的人！

Shalom Academy

═蝠星東來═

contents

Chapter01

寒假過了暑假還會遠嗎

SHALOM ACADEMY

醫院的地下二樓，雪白的走道空無一人，日光燈灑下帶著灰藍的光線，使空氣染上點幽然的森冷。或許這詭異的氛圍並非來自光線，而是由於位在走道底端的是解剖病理科，以及太平間。

推開門板，陰慘慘的寒風吹出。溫度與室外的一月寒風差不多，讓人從腳尖至背脊的寒毛顫慄。寬敞的辦公室裡，擺了張金屬製辦公桌，兩旁的鐵櫃裡，整齊地立著一本本的檔案夾和標著外文的藥劑，還有泡著不知名物體的厚玻璃瓶。

隔著一道牆後，便是太平間。往生者的暫棲所。

「這裡是我的辦公區，後面的那扇鐵門進去才是太平間。」紮著馬尾、表情漠然的冷豔美女，沒什麼耐性地解說著，「這裡主要是歸我管，另外有兩個員工算是助手，不過他們之前提出申請，把位置搬到樓上的辦公室，有工作才下來。」

她的嘴角不以為然地勾起，「這倒是省了我不少麻煩。」

「喔喔。」福星低頭，將對方說的話記在筆記上，「嗯，工作內容主要是？」

「管理這裡進進出出的人口。偶爾做些病理解剖，前陣子有時會被調去做些刑事解剖的工作。需要更詳細的描述嗎？」

「呃，這樣就夠了。」他趕緊記下，不打算深入探究。

他不太習慣這種場合，但是為了作業，不得已來到此地……

他是賀福星，十八歲，夏洛姆特殊生命體學園一年級生。資淺蝙蝠精一名。

那位冷豔美女則是大他八歲的老姐，賀芙清。

幾個月之前，他一直以為自己只是個身體不好的人類，但事實並非如此。他不只是個身體不好的人類，同時也是資質不好的蝙蝠精。

大約半年多前，他才知道了家族祕辛——他們一家人居然是潛居在人類社會裡的妖怪——甚至連既有的世界觀也在一夕之間扭轉。人類並非世界的主宰，另一群隱藏在歷史之下的生物，默默地存在於社會之中，暗暗地影響著整個文明。

福星從家人那兒得知了家族的真實身分後，為了開發能力，學習如何「當個活活潑潑的好學生，做個堂堂正正的好妖怪」，他前往專為特殊生命體設立的學校——夏洛姆學園就讀，和另一群精靈妖怪成為同學。

然後，現在他正在做寒假作業。

夏洛姆的學制和臺灣不同，從聖誕節開始放三個星期的假，大約在一月中時，第二學期開始。

人類社會學這門長達三年的必修課，要求所有學生在寒假時，訪問一位曾在人類社會裡工作過的特殊生命體，最好是親戚。

他的家人全都在人類社會有正職，老爸是作家，老媽是社區大學老師，姐姐則是私立醫院檢驗員兼驗屍官。老媽的工作和學園裡的教授差不多，寫出來沒什麼意思。至於老爸，整天宅在家裡和靈感、夢想，以及現實奮戰。自由業聽起來是很豪邁，但是要填成訪問表就有點心酸。比方說平均月收入這一欄，寫出來只會讓人徒增感慨。

「還有什麼要問的？」賀芙清不耐煩地開口。

「呃嗯……」福星看了看問卷，「妳對工作環境有什麼看法？」

「很好啊，可以放肆吹冷氣。」芙清坐入辦公桌後那舒服的旋轉椅中，端起裝在馬克杯裡的冰咖啡啜飲，杯中的冰塊發出清脆的碰撞聲響。

「現在是一月呢。」福星情不自禁地拉了拉厚厚的圍巾。本來以為進了室內之後可以躲避寒冷，但一進入芙清的辦公室，比室外更低的冷風立即將他包圍，令他凍得發顫，「這樣北極熊會哭哭喔。」

芙清沒好氣地挑眉，「不維持這個溫度的話，裡面的『人』也會哭哭喔。」她用下巴指了指太平間的門，然後刻意模仿福星的語氣，促狹地低語，「然後福星就會嚇得屎尿失禁，屁股濕濕，味道臭臭，看起來笨笨蠢蠢。」

「夠了！」可惡！老姐最愛嘲笑他了！為了減少被羞辱的機會，還是趕緊把作業寫一寫，快點走人。

「呃嗯，和這麼多死……嗯呃，已故的人共處，難道妳不會有任何的不適應嗎？」

賀芙清挑眉，「就某部分的特殊生命體而言，這裡可是頂極的糧倉呢。」

「噁！」真是夠了！雖然是事實，但聽起來還是很……「為什麼會選擇這個工作？」

「理由很多，一來是喜歡安靜。二來是為了待在醫院裡，又不引人注意。」

「為啥？」

「大部分特殊生命體不能到一般醫院就診，所以必須有人在暗中協助。有些特殊生命體會到同伴開的私人診所就醫，但有些病症在大醫院裡才有辦法解決，況且這裡的設備比較充足，要做研究也比較方便。」

「院長不會管喔？」

「院長只是個愛吃甜食的傢伙，只要沒出大問題，上頭不會管事。況且這間醫院本來就不是很正派，背後有黑道撐腰，大家對此睜一隻眼閉一隻眼。」

「這樣呀……」感覺頗複雜的。

福星看了看訪談表，「嗯，沒啥要問的了。喔，對了，有天蠍座女人的頭髮嗎？還有六十六歲以上的男人的指甲、肋骨的粉末。可以的話，順便再給我一罐處男血？」

這是翡翠要他帶的，可以猜想得到，這些東西到最後一定會被製作成商品，然後高價賣出。

芙清起身，將杯子放入水槽，「我不知道這個訪問規定必須帶紀念品回去。」

「是我朋友要我帶的……」

芙清沉默了片刻，轉過頭，進入另一個房間。過沒多久，便拿了幾個封口袋出來。

「拿去。」她將袋子遞給福星，「至於處男血，就用你自己的吧！」

「我幹嘛沒事抽一罐血——啊！妳是在羞辱我對不對！」

「你可以讓人羞辱的點太多了，沒必要挖這個。」賀芙清冷笑，「況且，不是我不幫你，但你得告訴我如何從死人中辨識出你的同類。」

「說得也是……」雖然聽起來很刺耳，但也是事實。

福星接下封口袋，裝入背包之中，「謝了，我以為妳會拒絕的說。」

「沒什麼。」芙清坐回椅中，低下頭翻閱文件，「畢竟你好不容易交到朋友。」

看似平常的舉動，其實是為了掩飾尷尬。她不擅長對別人展現關心，然而冷漠又毒舌的個性之下，仍包含著對家人的關切。

福星盯著對方，嘴角忍不住上揚。

「那我就先回家囉！」

「對了，最近流感蔓延，開學前記得去打預防針。」芙清的目光依舊停留在文件上，同一頁。

福星停下腳步，「我以為特殊生命體不會感冒。至少不會得人類的病。」

「沒這回事。」芙清抬起頭，提到專業話題，她的態度又回復平常，「現在病毒交互感染，有些甚至突變，連特殊生命體接觸到也會中標。」

「是喔。」看來特殊生命體也沒想像中那麼強。

流鼻水的狼人、腮腺炎的精靈、拉肚子的吸血鬼——這樣一想，感覺還頗遜的。

「陸伯伯上次就中標了。他們在『詐財』時被人驗出流感病毒，差點造成人傳鹿的病例，幸好及早發現處理，不然就有得鬧了。」

陸伯伯是老爸來臺後認識的好友，是梅花鹿精，也是世界保育類特殊生命體組織（簡稱保特組），臺灣分會的會長。

保特組是一群原形屬於保育類動物的特殊生命體組成的。撇開那些冠冕堂皇的宗旨——維護權益、爭取生命價值、彰顯尊嚴之類的——保特組的主要成立目的就是向人類進行所謂的「柔性報復」，並且開發出一套固定化流程。具體步驟如下：

一、保育類特殊生命體變為原形。

二、同伴之一偽裝成登山者，向政府機關或特定的私人機構（通常是暴發戶）通報說遇見受傷的保育類動物。

三、交出化為獸形的伙伴，並領取獎勵金。

四、暗中協助同伴逃跑。

簡單來說，就是詐財。

可惜蝙蝠不是保育類動物，要不然也可以入會。不過，以老爸乖僻的傲骨，他大概會搬出一套禮義廉恥大道理表明志節，然後拒絕入會。

「上去三樓櫃檯，報我的名字，會有員工折扣。」

「知道了。」雖然不想打針，但看在老姐難得表現出關切之心，他也不好意思拒絕。

「打針不要哭哭喔。」

「吵死了！」

三週的寒假很快就過去。一月，大部分的臺灣學生還處於水深火熱的期末考中，而福星的假期已經結束。

連農曆年都還沒過完，他就搭上飛機，回到夏洛姆，開啟第二學期的課程。當你有好幾百年的生命時，逢年過節這種事就顯得沒什麼特別意義了。

瑞士的緯度較高，氣溫比臺灣低很多，甚至還下了雪，與去年七月剛來報到時的景色完全不同。白雪覆蓋在路邊和房舍上，一眼望去，一棟棟歐式建築物彷彿是灑著糖霜的巨大薑餅屋。

賀玄翼帶著兒子，搭了十幾個小時的飛機，來到瑞士的小鎮。這一回校車已在街角守候，不需再橫越大半個山林前往校園。

一年級生要到下學期才有專屬校車，因為第一學期學生的流動率偏高，不少人報名之後卻又放棄（大部分的特殊生命體相當保守，寧可守在原棲地，不願來到異鄉與異族共同生活），為了節省行政業務，便有了這樣的規定。

校車兩側印著「和平國際學生交流中心」的字樣，偽裝成一般的學校巴士，然而車子上裝載著特殊的咒語，離開市區之後，以空間跳躍的方式移動，兩分鐘就進入了處於空間扭曲帶裡的校園。

開學第一節課是在班教室集合。打開門，鬧哄哄的喧譁聲與上學期相似，但這回，有不少人見到福星出現便主動打招呼。看見久違的同伴，福星與家人分離的不捨頓時掃去。

精靈翡翠腳邊放了個大袋子，手上拿著 iPhone 點來點去，一臉愉快的表情，想必是想到什麼賺錢的方法，要不然就是已經賺翻了。

妖精洛柯羅則是興味盎然地湊在一旁，邊啃著脆餅觀看。如果他不是一臉餅乾屑的話，看起來真像是從歐美影集裡走出來的型男角色。

「翡翠，你寒假去了哪裡？」福星立即走向好友，熱絡地寒暄起來。

「很多地方啊，我回了老家一趟，然後又去日本和韓國批貨。」翡翠數著袋中的商品，核對購買者的名單，「冬天一過去變胖的人會很多，我去弄些減肥商品來賣。」

他邊說，邊拆開一袋十二雙入的黑色長襪，那是俗稱小豬襪的彈性長襪，據說那強力的丹數能夠促使脂肪燃燒，達到修塑曲線的效果，是網拍的火熱商品。

「你的假期訪問寫誰？」

「我寫我表哥，他開麵包店。我親戚很少在人類社會工作，不像你家。你寫誰？」

「我寫我姐啦。」

老爸的小說家職業實在沒啥好介紹的，既不是暢銷作家，寫的東西也沒幾個人看得懂。他說這是曲高和寡，老姐說他是在腦內的舞臺上歡唱，能夠應和的除了外星人以外，就只剩鏡中的自己。

至於老媽的職業是社區大學教授，對老師介紹老師這個職業，似乎有點無趣。

「嗯，我知道，在醫院工作對吧。那個——」

翡翠話還沒說完，福星就自動遞上一包紙袋，「吶，你要的東西在這裡。」

「謝謝。」翡翠喜孜孜地接下，端詳著袋裡的東西，彷彿吸毒犯在垂涎著毒品。

福星突然覺得自己很像藥頭。

「你要的東西帶到了，我有啥回報呢？」

「讓你免費升級成黃金ＶＩＰ，以後購物享有七折優惠。」

「爛透了。」

福星轉頭望向洛柯羅，這傢伙以同樣的目光，垂涎著翡翠擺在桌上的高纖低卡減肥食品，「洛柯羅，你的寒假過得如何？」

「我留在學校裡。有點無聊，但是屋子裡很溫暖，睡覺很舒服。」

「你沒返鄉啊？」

「開學前回去了兩天，買了些東西。」

「親人不會擔心嗎？」

「我一直都是一個人啊。」洛柯羅舔了舔手指，「喔，不對，有『大家』一直陪著我、跟著我，所以不算一個人。」

看著洛柯羅單純的笑容，福星忍不住鼻酸。多麼感人的友誼宣言啊！大家應該就是指他們這些好伙伴吧！即使分開，他們的心和友誼還是繫在一起的！

「放心，我們會一直陪著你的。」福星雙手搭上洛柯羅那比他高一截的肩膀，認真地開口。

「啊？」洛柯羅露出了茫然的表情，偏頭想了一秒，然後漾起笑容，「謝謝喔。」

「對了，我帶了電磁爐，還有麻辣鍋湯底！」這是他在寒假前和朋友約定好的，「找一天晚上一起來寢室吃火鍋吧！」

「好！」

酒紅色的身影有如火燄，為教室燃起暖意，喧譁聲瞬間降低。一C的導師，巫妖歌羅德，華麗地登場。

「三週不見，大家似乎過得不錯。」歌羅德放下手中的一疊文件，「進入夏洛姆第二個學期，大家在行動上能有更多的自由，但也會有更多的磨練。」

「該不會又有什麼詭異的活動吧……」福星低聲向翡翠開口。

想到上學期的萬聖節活動，雖然刺激，但是對心臟來說負荷大了點。

「聽說今年會辦學園祭，而且是和南半球校區聯合舉辦。」

「南校的人也要來喔?!」這可是大事了呢。

夏洛姆學園有兩個校區，各處於南北半球。福星所處的是北半球瑞士校區，至於南半球校區，則是位於太平洋南部的玻里尼西亞島群之中，由數個零星的島嶼構成，因此被稱為群島校區。

群島校區的學生群年齡比瑞士校區來得年長，大多是較為保守且古老的族裔，因此瑞士校區的學員總是戲稱群島校區是老人院。

翡翠看著行事曆，眼睛一亮，「學園祭並不是每年都有，一方面是執行不易，一方面是沒特殊理由，大家不會想去花心思做這件事。這次剛好是建校後第二十七歲，所以很可能會進行……但是確切結果要到三月才會公布。」

「才二十七歲？」他以為這學校至少有幾百年歷史的說！

「第二十七次歲星行經地球。特殊生命體的壽命比較長，所以大多是用歲星記算日期。」

原來如此。「感覺很盛大呢！」

不過，特殊生命體的學園祭會如何進行呢？會有園遊會嗎？

福星腦中忍不住浮現布拉德捲起袖子在炭火前烤魷魚，以及理昂蹲在角落折造型氣球的畫面……噗！他開始期待了。

「……基本上沒什麼要特別注意的事，和上學期差不多。不過，」歌羅德拍了下桌面，鎮住教室裡的細碎低語，抓回所有人的注意力，「新的學期要選新班長。」

「什麼?!」學生們開始躁動，因為沒人想接下這個職位。

「同一隻獻祭羊怎麼能重複出現在祭臺上？所以，這學期要換個人來為大家服務啦。」

歌羅德笑著看了福星一眼。

福星勉為其難地還以一笑。原來他是犧牲品啊……至少這學期可以輕鬆了。

當福星鬆了口氣時，歌羅德再度開口，「就由理昂來負責好了。」

教室裡同時傳來大家倒抽一口氣的聲音，接著陷入死寂。

「有問題嗎？」歌羅德笑咪咪地開口，「還是說理昂同學有其他事要忙，所以不方便擔任呢？」

福星望向理昂。理昂曾經多次潛出校園，上回甚至受了重傷。雖然沒有留下明確證據，但或許有些蛛絲馬跡讓人足以懷疑到他頭上。

理昂臉色維持著一貫的冷漠。「沒有。」

「那麼就這樣啦！」歌羅德看了看手中的文件，「順帶一提，這學期要票選寶瓶座的實習儲備員，每班都要推派兩個人出去。」他抬起頭，「想加入的人請起立。」

「寶瓶座是什麼？」洛柯羅靠向福星，小聲地詢問，「和食堂的飲料供應機有關嗎？」

「寶瓶座是由校內學生組成的一個團體，類似學生會的組織，不過，特殊生命體世界的學生會，處理的事務和成員當然是比一般學生會來得威，連名字都有來頭。」福星得意地說著，這是他當班長時得知的資訊。

「為什麼要叫寶瓶座？」

「呃……」福星不知道。

「寶瓶座的守護星為冥王星，象徵著變動，具有生命與死亡的雙重面向。」翡翠開口。

福星發現，當翡翠提到寶瓶座時，臉上有一絲的不屑。

「喔。」洛柯羅點點頭，「那，寶瓶座到底是要做什麼？」

福星聳肩，「不知道。」他連人類世界的學生會都不太了解了，何況是這個寶瓶座？

「總之不會是處理營養午餐太難吃、要求廢除髮禁之類的事吧。」

「你想參加嗎，福星？」

「不想。」幹嘛沒事找事做啊！

除了正在竊竊私語的他們，面對歌羅德的提問，一C的學生彼此相望，一片寂靜。

歌羅德挑眉，顯得訝異，「噢，看來我們班都是徹底的獨行者。通常大家都會搶著進入寶瓶座，為了協調得花上不少工夫呢。」

歌羅德揚起半是欣賞、半是為難的笑容，「平靜是好事，但沒人擔任的話也是個困擾。那麼就——福星！」

福星低頭裝死。

「福星！」

裝死無效。「是。」嘖！又來了。

「交給你啦。」

「不是說同一隻羊不獻兩次祭嗎？」雖知抗議必定無效，但還是忍不住質問。

「這是另一個祭臺，所以沒差。」

「一共要兩位，那另一個就……」歌羅德張望了一會兒，定睛在角落的高大身影上，

「呃……那個，以薩．涅瓦？」

穿著厚重衣服的蒼白闇血族抬起頭，憂鬱的淺藍色雙眼從凌亂的瀏海中看向歌羅德。

「就由你擔任吧。」

以薩沉靜了片刻，然後緩緩地點了點頭。

「很好。」歌羅德撥了撥頸邊的長髮，「內斂沉穩雖然是優點，但太過封閉不是好事。趁這個機會多和其他人接觸，可以讓大家更了解你喔。」

你根本連他叫什麼都忘了吧。福星忍不住在心裡吐槽。

以薩在班上是低調分子之一，沒有從屬的小團體，雖然是闇血族的一員，但卻沒有跟著理昂一夥人行動。他總是獨來獨往，安安靜靜地待在角落。然而那高大的身影，卻相當顯眼。

高深莫測的人物。

希望這未來的伙伴好相處。福星暗暗地祈禱。

班級時間結束後，眾人紛紛回到宿舍。校內的打雜小妖精布朗尼已將每個學生的大件行李送達寢室內。

打開典雅的木門板，房間裡靠窗的椅子上，坐著熟悉的人影。

「好久不見！」福星開心地對著理昂招手。「行李收好了喔？」

「嗯。」理昂的目光從書本中抬起，瞥了福星一眼，淡淡地應了聲，然後回到書頁上。

看似冷淡無禮的舉動，但就理昂而言，已經比上學期友善太多了。

「寒假過得還好嗎？有去哪裡玩嗎？」福星坐在床區與客廳的交界處，一邊整理行李，一邊對著理昂寒暄。

「回了路德維希堡一趟。」難得地，理昂給了回應，語調中還帶著一絲自滿。

「喔？是旅遊嗎？」路德維希堡？嗯，不熟。「有帶什麼紀念品回來？」

理昂勾起嘴角，從背袋裡掏出一個東西，扔向福星。

福星略微笨拙地接下，打開掌心，是一個細細短短的白色硬物。

「這是什麼？」感覺有點像羊奶片。這座城堡產羊喔？

福星拿到鼻孔前嗅了一嗅，然後輕輕地舔了一口。

「那是小指骨。」理昂看著書，嘴角上揚，難掩得意，「從白三角身上取下的。」

「靠！」福星嚇得鬆開手，短短的指骨掉落在地毯上。「你怎麼不早說！噗呸呸呸呸！」

啊啊啊！他竟然還舔了一口！

「你把它放在嘴裡？」理昂冷冷地望了福星一眼，「我的戰利品被你弄髒了。」

「呃！」福星回過神，「抱歉。」

他差點忘了，特殊生命體的價值觀和人類不同。人類這個詞，通常是帶有敵意的成分大於友好的成分。

福星撿起指骨，壓下心中的恐懼感，往袖子上擦了擦，遞還給理昂。

白三角是潛伏在人類社會裡的祕密團體，和特殊生命體一樣，不為世人所知。然而，白三角的存在目的，卻是消滅特殊生命體。

理昂的妹妹莉雅，就是喪命於白三角之手。

「呃，所以說，這是莉雅……」是殺了莉雅的凶手？

理昂的表情再度回復冷峻，「不是。」

他走向櫥櫃，拿出個玻璃瓶，將小指骨扔入其中，福星發現，那裡頭大約有二十多個類似的小骨頭。

理昂讓他感受到獵殺者所具有的脅迫感。福星打了個顫。在一瞬間，他突然強烈意識到眼前的人並不是人類——雖然他自己也不是。

這裡是特殊生命體學園，非人者的聚集所。他來到這裡，就是要學習如何當個妖怪，如何脫離人類。

但，他覺得自己是人啊。他覺得學園裡的每個人都是人，不是指生理上的外形是人類，而是另一種更抽象、難以描述的東西。

一股自我認同混亂所造成的茫然感，油然而生。

為了將心頭上的異樣感抹去，福星扯開話題。

「對了，」福星從皮箱裡拿出紅褐色的真空包，「你看！是麻辣鍋的湯底喔！」

理昂看著福星，面無表情。

「之前約好了要和大家一起吃火鍋。」福星繼續翻著皮箱，拿出厚厚的黑金爐，「後天晚上要在寢室裡吃，得先去向廚房要點肉和菜，你有特別想吃的東西嗎？」

理昂沉默了片刻，以森冷的音調開口，「上學期是發生了一些事，但這不代表我們之間的關係有什麼改變。」

「呃？」關係？不就是室友嗎？「你的意思是？」

「不要和我有過多的互動。」語畢，理昂傲然轉身，朝著床區走去。

福星愣了愣，然後回過神。

喔，他懂了，有人又想要耍孤僻了。但他半年的室友也不是當假的。

福星故作惋惜地長嘆了一聲，「這樣的話，誰來幫你處理班長的工作呢？」

理昂的腳步頓了頓。

「班長要負責很多事呢，而且聽說這學期有可能會舉辦南北校聯合學園祭。到時候班長可能會忙到連休息時間都無法外出——當然，這是沒人幫忙的情況。」

福星意有所指，無辜地嘆了一聲，「該怎麼辦，理昂？」

想要他幫忙嗎？理昂？呵呵呵。

理昂回頭，瞪了福星一眼，「隨你。」語畢，步回床區。

望著那傲岸的背影，福星竊笑。他知道，火鍋夜那天，理昂不會缺席。

下學期的中級數學改在清晨七點上課。這對福星而言不是什麼難事，但對整天熬夜經營網拍的翡翠而言，簡直和繳稅一樣痛苦。

時間調動後，修課學生更少了，但仍然有一、兩個新面孔。出乎福星意料，以薩・涅瓦是其中之一。

當以薩出現時，一如平常地在制服外套上又罩了一層長大衣，臉上戴著口罩、墨鏡，還有一頂毛帽，要不是老師點名，福星完全不知道他是誰。

原本他對這位安靜的同學沒什麼印象，但自從被歌羅德指名擔任寶瓶座後備員之後，他開始注意這個伙伴。

「我以為闇血族會懼怕陽光呢。」中場下課時，福星和翡翠隨口閒聊。

翡翠趴在桌上，懶洋洋地開口，「噢，又是一個典型的刻板印象。闇血族討厭日光，但沒到懼怕的地步。他們身上的黏膜對陽光敏感，有黏膜的器官直接曝曬的話會劇烈腫脹，並且出血，所以他們很少在白晝活動。」

「黏膜？」

「就是嘴唇和眼睛之類的啦！」翡翠打了個大大的呵欠，抓了抓臉頰。「當然，胯下的器官也是有黏膜存在，不過一般狀態下不會公然曝露該處的器官，懂了嗎？」

「呃，懂了。」

也就是說，如果闇血族在白天不戴著墨鏡和口罩，就會變成像Q太郎或鯰魚之類的生物，難怪以薩要穿得像是去搶銀行一樣。

福星觀察著以薩，即使是下課時間，對方也靜靜地坐在位置上，不和他人互動，高大的身形立在桌椅之間，彷彿雕像。

雖然理昂也是冷冷的不愛理人，但以薩給人的感覺更加難以捉摸。

戴著墨鏡的臉微微轉動，朝向福星。福星趕緊將頭撇開。

好詭異的人。

週四傍晚的必修課為基礎巫咒，這回的主題和死靈、詛咒有關。彷彿是配合課程主題，今日歌羅德穿著歌德風長大衣，袖口還繡著銀黑色的蜘蛛網和骷髏花紋的蝴蝶。

「生命走到終點時，靈魂會脫離軀體。這個時候的靈魂是一股微能量體，不具意識，多半在物質界駐留幾天之後就會消散。但有些亡者死前的情緒波動強烈，這股意念附著在靈魂上，使得靈魂具有意識，和生前相似，成為不具肉身的死靈。」

歌羅德在黑板上寫了幾個關鍵字，「在特殊生命體和人類裡，只有少部分的人能夠看見靈，更少數人能役使或操控死靈，甚至以此做為詛咒。」

冬季的寒氣與室內的暖氣，交織成最完美的睡眠環境。福星撐著頭，勉強自己抵抗睡意，在筆記本上留下有如扶乩一般的文字。

很刺激的主題，但對他而言卻沒什麼新意。電視臺和電玩一天到晚以死屍、惡靈做文章，頻繁的程度已經令他對這類話題感到有點膩了。

比起異能力、巫咒這些從未接觸過的知識，這節課的內容有些平淡無趣，感覺只是恐怖片常見老哏整理罷了。

然而出乎他的意料，這樣的內容，下課後倒是引起同學間不小的迴響和討論。

「聽說含怨而死的靈，會徘徊在原地，攻擊一切侵入領域的人。」擁有幼童外表的妖精，薇琪壓低了聲音開口，但那稚嫩輕柔的娃娃音，聽起來還是非常萌人。

「彌生，這是妳們國家的名產之一，妳有聽過什麼消息嗎？」薇琪的雙胞胎哥哥維恩好奇地詢問。

「這算什麼名產啊！」河童彌生沒好氣地抱怨。

「高野山、恐山還有比叡山是日本的三大靈山，聽說與靈界相會。」妙春興沖沖地補充，「我們長老也禁止年輕的小狸靠近那裡！」

福星聽著這些危言聳聽的傳說，感覺自己彷彿回到國中。

「我以為特殊生命體對這種話題沒興趣。」他略微訝異地對翡翠低語。

「為何？」

「嗯呃，該怎麼說呢？」福星搔了搔頭，「喔，比方說，人類不會特別去討論在夜晚哪裡有人類出沒，因為這是很正常的事啊！除非這人剛好帶著萬能鎖，或者背著個裝滿女性內衣褲的包袱。」

「你又搞混了。」翡翠沒好氣地哼了聲，「特殊生命體和人類一樣，都是活的生命。死後的世界對我們而言也是未知的神祕領域。」

「但是試膽大會時，大家似乎不怎麼害怕。」

「因為那是假的啊。」翡翠理所當然地回應。

看福星一臉困惑，坐在一旁的珠月好心地解釋，「特殊生命體和人類不一樣，在情境類化上比較遲鈍。人類看恐怖片會覺得害怕，但大多數特殊生命體只要知道那是假的，就很難在情緒上產生回應。」

「這樣喔……」這樣生命中的樂趣會減少很多呢。

「你們知道日落之森的惡靈嗎？」博學多聞的丹絹開口，立即吸引了眾人的注意。

「那是什麼？」

日落之森位於夏洛姆西側的學園邊境，是一整片的楓樹林。雖然沒有設限，但和禁忌之塔一樣，都是學園裡的禁地之一。日落之森是空間扭曲的邊境，是高度的不穩定帶，整片森林沒有盡頭，裡頭有世界各地、不同年代留下來的廢墟建築。

據說，這些古建築裡，附帶著一些未隨著時間消逝的東西。

「聽說日落之森有座布達佩斯古堡，被空間扭曲連結到這裡，」丹絹推了推眼鏡，「是麗・克斯特伯爵夫人的城堡。」

被話題吸引，翡翠停下計算動作，好奇地開口，「你是說那個血腥夫人？」

聽到這名字，連原本置身事外的闇血族也回過頭。

「那是誰呀？」福星小聲地詢問。

「十八世紀的匈牙利女殺人狂，傳說中以鮮血泡澡的那位夫人。」珠月小聲地解釋，「她是闇血族的成員。她的瘋狂行徑超過闇血族的規範，並且因為她的原因，促成了白三角的興起，所以闇血族非常厭惡她。」

「那她死了嗎？」

「人類雖將她處刑，但事實上一點效用也沒有，最後是闇血族暗中進行處決。」聽見福星和珠月的對話，芮秋主動插入解釋，「不過，克斯特夫人的屍體在行刑後消失了。聽說她曾和惡魔立下契約，還涉獵黑魔法，即使肉身毀壞，邪惡的靈魂仍在人間徘徊。」

珠月擔心自己談論闇血族的事會引起芮秋反感，便露出個抱歉的微笑。然而芮秋只是勾了勾嘴角，轉過頭和別人聊起天。像是不在意，又彷彿有一絲的不耐煩。

福星回頭，看見翡翠一臉興奮地聽著故事。

「你不怕喔？」他可是怕得要命！

「別人聽見惡靈，我聽見商機。」翡翠得意地晃了晃 iPhone 上的商品目錄，「大家越怕越好，這樣庫存已久的避邪商品才銷得出去。」

好樣的！福星猜想，對翡翠而言，所謂的恐怖故事應該是指金融海嘯之類的事件；而雷曼兄弟應該比貞子和伽耶子恐怖一百萬倍吧。

SHALOM ACADEMY

Chapter02

明知屋有鬼，偏向鬼屋行

SHALOM ACADEMY

週五下午的班級共同時間結束，福星立即衝回寢室布置火鍋之夜。

他將客廳的沙發推到房間內，將場地清空，接著將矮茶几拉到中央，將黑金爐取出放上，然後又匆匆忙忙地把預備好的杯子和餐具取出，並鋪了幾張報紙在茶几附近。

整個過程，理昂只是站在一旁。

「大約八點多左右開始。」福星一邊擺設一邊開口，「翡翠去招人，不知道會有多少人來。等一下要和洛柯羅去食堂的廚房拿預約好的食材，主廚伊森大叔雖然看起來很凶，但是人很好，給了我不少東西……」

看著福星忙進忙出，理昂淡淡地開口。「為什麼要做這些事？」

「因為有趣！」福星吃力地搬著放在客廳旁的大理石長桌，整個臉因施力而漲紅，「和朋友聚在一起吃吃喝喝，很快樂啊！」

好重！

福星放手，用力地甩了甩發疼的手掌。看了看那移動不到五公分的長桌，無奈一嘆，宣告放棄。

等一下找洛柯羅一起幫忙好了。

理昂不語，盯著福星片刻，然後默默地轉身回到自己的床區。

房裡整理得差不多之後，福星拎著賣場購物袋，準備前往洛柯羅的房間。

「等一下有人來的話幫我招呼一下呀。」臨走前福星對著房裡交代。

理昂默不回應。

「洛柯羅！該去廚房了。」

推開房門，只見洛柯羅正窩在床區的角落，窸窸窣窣的不知道在做什麼。

「洛柯羅？」

被點到名，洛柯羅探出頭，一臉鬱鬱寡歡，俊帥的臉帶著憂鬱小生的氣質，彷彿下一刻會開始吟誦徐志摩的詩。

「呃，怎麼了嗎？」福星好奇地走向洛柯羅的床區，只見地面上擺滿了雜物，被掏空的行李箱和置物籃敞開著躺在一旁。

「什麼東西？」

洛柯羅長嘆一聲，「不見了。」

看洛柯羅這麼憂慮的模樣，想必是非常重要的物品。是貴重的財物？該不會是情書或定情物之類的東西吧？

洛柯羅幽怨地回道，「我在車站買的巧克力脆餅不見了……」

「喔。」福星沒好氣地撇了撇嘴。「我還以為是什麼重要的東西咧。」

「不只是巧克力脆餅！」洛柯羅激憤地數算著，「還有醃肉派、蜜糖捲心酥、兔子太妃糖——」

「會不會是你自己吃掉卻忘記啦？」這種事也不是沒發生過。

洛柯羅搔了搔頭，「我記得應該沒有啊……」

「你問過你室友嗎？」

「沒有室友，我是一個人住。教授說是人數分配剛好少一個的關係。」

「是喔……」

雖然一個人占有兩倍大的空間，但在這麼大的房間裡，卻無人陪伴，應該很無趣吧。難怪洛柯羅三不五時就跑來找他。

洛柯羅拿起行李袋，倒過來抖了抖，高舉到和視線平行，接著把頭探入。

「咦！」洛柯羅悶悶的聲音，隔著行李箱傳來，「箱子好像有個破洞？」

福星將洛柯羅頭上的行李袋掀起，隨手丟到一旁，「既然找不到就算了，反正晚上有火鍋可以吃。」

「可是，那些點心很好吃的說……」

「火鍋也很好吃啊，」福星拉著洛柯羅，一邊安撫，一邊離開房間，「喜歡吃的東西都可以丟到鍋裡煮喔。」

「真的？」洛柯羅注意力轉移，驚奇地開口。

「是啊！」沒想到他有哄小孩的潛力。

洛柯羅揚起笑容。「我喜歡藍莓果醬，可以加進去嗎？」

福星燦然一笑，「你加在自己碗裡吧。」

福星和洛柯羅抱著大包小包的食材回到寢室。大部分的人已經到了，出乎意料，竟然有十三個人左右。更令福星訝異的是，那張厚重的大理石桌，已經被搬到陽臺的空地。

「怎樣，不錯吧。」翡翠得意地開口，「我可是很有號召力的呢。」

福星瞇起眼，質疑，「你沒有從中牟取利益吧？」以他對翡翠的了解，沒有好處的話，這貪財的精靈是不會這麼賣力的。

「只是收了些服務費和清潔費而已。」翡翠不以為然地聳聳肩，「一人兩歐元，餐後再和你平分。」

「你喔。」福星沒好氣地瞪了翡翠一眼，「對了，桌子是你幫我搬的嗎？」

「不，我們到的時候桌子已經在那裡了。」

「是喔……」

所以，是理昂搬的囉？福星回頭，望向待在自己床區裡的理昂。那傲岸的背影正坐在書桌前，與客廳的喧鬧隔絕，自成一個靜閉的空間。

或許理昂不像外表一樣冷漠，只是不擅表現而已。

八點半，男宿305號房間被濃郁的香氣和喧譁聲填滿。

眾人圍繞著茶几席地而坐，小小的客廳幾乎占滿。熱鬧喧嚷。

「發什麼愣啊！」布拉德拍了福星的後腦一記，「快點煮啊！這東西是你帶來的，只有你會弄，動作快一點！」

「我以為只會有五、六個人左右啊！」現在暴增了三倍，害他接應不暇！

「你不歡迎我們嗎？福星？」紅葉媚眼一勾，靠向福星耳邊，千嬌百媚地低語，「我會好好報答你的。」

「妳要用妳的毛織大衣給他嗎？」一B的上任班長，貓妖小花冷冷地開口。

「那是鶴幹的事！」

「我以為男生宿舍女賓止步。」福星愣愣地開口。

「我們有照規定申請拜訪。」芮秋舉起手，亮出手腕上的小銅鍊。

夏洛姆的學生要進入異性宿舍，必須到櫃檯登記，戴上代表通行證的手環。

「洛柯羅和我們說火鍋的事，邀我們一起來。」珠月好心開口，「他還交代，因為你準備的數量有限，所以大家都要帶食物過來才夠吃。」

福星望向桌面和地面，到處堆滿食材。所以這就是他們寢室變得像黃昏市場的原因？福星望向洛柯羅，那俊帥的容顏正聚精會神地盯著小花帶來的芝心麻糬。

「快點弄啦！湯滾了，現在是要怎樣？」翡翠不耐煩地催促。

「把要吃的東西丟進去……」

「喔。了解。」翡翠端起菜盤，將蔬菜一口氣倒入湯中。

「啊啊不行！」福星手忙腳亂地把差點掉出來的菜撥到鍋子中央，「這樣的話會滿出來啦！」

「我只是照著你說的做。」

「全都放蔬菜就沒位置煮別的東西了啊！」

「撈出來不就好了，真囉唆……」

「這樣會把湯汁滴到外面。」丹絹皺著眉，對著翡翠吆喝，「你應該把菜推到一旁，騰出空間來下肉。」

翡翠皺眉，「既然知道，那你為什麼不自己弄？」

「我不想弄髒我的手。」丹絹雙手環胸，理所當然地開口，「繳了兩歐元的服務費，當然要盡量享受。」

「唔！」

「既然你沒事，幫我沖杯茶吧。」丹絹悠哉地晃了晃杯子，「記得先泡開，再加冷水降溫，才不會燙口。」

一瞬間，福星在翡翠臉上看見彷彿中槍的表情。他忍不住在心裡竊笑。

看來奸商遇到奧客了……

「我們想喝甜果汁。」外表看起來像小學生的妖精雙胞胎：薇琪與維恩，以相同的嗓音，發出令人無法拒絕的稚嫩聲響。

福星耳朵彷彿融化一樣，傻乎乎地對著兩人微笑，「好，等一下幫你們拿喔。」好、好萌喔！

「到底好了沒！」布拉德巴了福星的後腦勺一記，「老子上完極限體能之後就直接趕過來這裡！坐了二十分鐘卻連片肉都沒吃到！我可不是來體驗饑餓三十的！」

「是是是，小的馬上準備……」福星趕緊拿起湯匙往鍋裡撈，但是中途就被丹絹給攔截。

「抱歉，這個是我的。」

「呃，沒關係——」

「福星，我想吃年糕。」洛柯羅再度催促。

「好，等一下幫你煮——布拉德你在幹嘛！那是生肉！」

「我知道。」布拉德沒好氣地叉起一整塊牛肉，丟入嘴中，「你動作太慢了。」

眾人七嘴八舌，吵得福星一個頭兩個大，一邊解釋，一邊手忙腳亂地幫他人下肉、調醬、分配食物。

只有紅葉、妙春，還有同樣來自臺灣的小花，悠悠哉哉地端著碗，置身事外地享用著美食。至於理昂，雖然在福星的「柔性威脅」下，仍然留在寢室裡，但是他卻坐在一旁，皺著眉頭冷觀著這一團混亂。

「好吃！但是，差了一味。」紅葉笑呵呵地開口。

「什麼？」

紅葉笑了笑，接著故作神祕地將手伸入她帶來的布包裡，「這種時候就要配這個才過癮啦！」

玉腕一抽，掀出一瓶厚實的深綠色玻璃瓶，瓶身上的標籤印著大大的「出羽櫻」。

「山形縣的出羽櫻！香氣襲人、甘美如蜜。」紅葉媚笑，「花了我不少工夫才弄到呢，現在的保全系統越來越難纏了，呵呵。」

原本冷著一張臉、在一旁指使福星的丹絹，聽見紅葉的話，猛然抬頭望向紅葉。

「這是酒？」

「是啊，怎樣？」紅葉挑釁地回瞪。她向來和一絲不苟又有輕微潔癖的丹絹不合。

「我本來以為妳只是個沒品又沒腦的三八。」丹絹推了推眼境，「沒想到在這方面倒是頗有品味的。」

他邊說，邊從背袋裡掏出另一罐玻璃瓶，豪氣萬千地擺下，「頂級瀘州老窖特麴！芬芳濃郁、清洌甘爽！」

紅葉愣了愣，接著勾起嘴角，「衝著你的名酒，我就不記較你那張爛嘴吐的屁話。」語畢，秀掌一揮，瓶口「啵」的一聲打開。「妙春！給在場的每人一杯。」

「是。」小貍貓妙春趕緊遞上杯子，彷彿酒童一般，熟練地捧起瓶子，往紙杯裡斟滿酒。

「盡量喝，我帶了兩瓶。」

「我房間還藏了一箱。」丹絹得意地補充。

紅葉望向丹絹，揚起讚賞的笑容，「幹得好。」

「這樣似乎不太好吧！」眼看自己的房間即將變成酒店，福星趕緊跳出來勸阻，「我們都是學生，而且未成年。」

「除了你以外，這裡每個人都超過法定成年歲數的七倍。」翡翠接下紙杯，啜了一口，「喂，菜都要煮爛了，快夾。」

「喔喔是。」

「福星也喝！」

「我未成年——」呃，是十八歲還是二十歲以下禁止喝酒？管他的，反正他不想喝這又苦又辣的東西！

「你又不是人類，那是人類的法規。」

「但是——唔！」

話還沒說完，布拉德拿起酒瓶，直接塞到福星的嘴裡。

「叫你喝就喝。」

濃郁帶著苦味的冰冷液體流入嘴中，滑下咽喉。

「唔！別這樣……」福星掙扎著，用力推開布拉德拿著酒瓶的手，「好痛喔！」

「呿，囉嗦。」布拉德嗤笑了聲，將酒倒入自己的杯中，一飲而盡。

福星輕咳了聲，拿起紙巾擦去臉上、衣上的酒汁。

「不要突然硬塞啦！都弄濕了！」福星摸摸發疼的嘴角，「啊，你這麼粗暴，流血了啦！」

「噗！」靜坐在一旁的珠月突然噴出嘴中的水。

「怎麼了？妳還好嗎？」福星趕緊遞上紙巾，詢問狀況。

珠月一手摀嘴，一手摀心，瘦弱的身子因咳嗽而陣陣顫動，纖弱的姿態令人憐惜。

「福星……」珠月抬起頭，露出的嘴角揚成奇怪的角度，形成詭異的笑容，「你這個壞孩子……」

福星微愕。「什麼？」他不懂珠月的意思。但是，對方的表情有點眼熟。

「沒什麼。」珠月神色回復平常，優雅地擦了擦嘴，「我想，我可能有點醉了。」

「理昂也來喝呀。」紅葉笑著對坐在角落的理昂揮了揮酒瓶。

「理昂不喝酒。」芮秋微笑著解釋。

「是喔。」真是出人意料，這傢伙看起來像是會坐在火爐旁品啜紅酒的角色，沒想到卻滴酒不沾。

在鬧哄哄的氣氛之下，堆滿一地的食材一點一點地減少，進了每個人的肚中。吃飽喝足，眾人滿足地坐在原地，開始閒聊。

「味道不錯。」

「可以再辦一次。」

「不要找我……」福星無力地癱在一邊。整場下來，他一直處於店小二的狀態，一個人伺候全部的賓客。

「要不要出去走走，散散步？」珠月貼心地提議。「待在宿舍可能會吵到其他人，限制比較多，不如到外頭去。」

「好啊。要去哪裡？中央花園嗎？」

「去教師宿舍！」洛柯羅開口。

「做啥？」

「去找小寒啊！」

「小寒？是指寒川嗎？」丹絹挑眉，「你們去過寒川的寢室？」

「來，洛柯羅喝茶！」福星趕緊拿杯水堵住洛柯羅的話語。

上學期因為某些意外，他和洛柯羅「誤入」了異能力教師寒川的寢室，發現了一些小祕密。

寒川沒有為此事懲罰福星，福星也沒把這件事說出去，兩人維持在恐怖平衡的狀態。一旦有一方破壞規則，那麼下場可不好看。

福星交代過洛柯羅保守祕密，顯然這傢伙似乎忘了。

眼看即將要被追問時，紅葉突然出聲。

「我我我！」喝得微醺的紅葉舉手，「我們去日落森林吧！」

這話題成功地拉過眾人的注意力，解除了福星的危機。

「大家都說那裡危險，但是又沒人知道裡頭有什麼。」

「沒錯！」好冒險的布拉德顯得興味盎然。「我很好奇，有什麼樣的東西能對特殊生命體造成危險。」

「那裡不是禁忌之地嗎？」妙春開口。

「嗯，沒錯，還是不要犯規比較好。」福星趕緊附和。

他只是弱到不行的新手蝙蝠精，沒有實力和諸位英勇的大爺挑戰自我極限……

「可是沒規定說不能去呀。」紅葉伸手撫了撫福星的臉頰，千嬌百媚地輕笑，「曖昧不明的，很吊人胃口呢。」

「那是因為有腦袋的人都不會主動靠近。」丹絹冷冷地開口，「不只麗・克斯特伯爵夫人，日落森林還有其他黑暗力量潛伏。夜晚過去，並不安全。」

福星立即點頭稱是，「現在已經十一點多了，很晚了呢！」

紅葉盯著丹絹，勾起媚人的笑容，「害怕的話，可以回寢室睡覺呀，小蜘蛛。」

福星趕緊解圍，「呃，冷靜點，看來大家喝多了，情緒比較激動，還是回房休息吧！」

丹絹被激怒，皺起眉，推了推眼鏡，「並不是害怕，只是不想涉險。蠢狐狸！」

「只喝那一點哪會醉啊！」布拉德重拍了福星的背後一掌。「你該不會已經暈了吧？」

福星重咳了一陣，「你再多打幾拳就會暈……」

「既然不怕就去啊！」紅葉笑吟吟地挑釁。

「大家冷靜點！」福星被夾在中央，虛弱地勸阻。

「妳以為我不敢！」丹絹怒然起身。「我可不像某些人，只敢說不敢做！」

「誰不敢！」紅葉拍桌站起，「二十分鐘之後在中庭集合！」

「既然你們心意已決，我就不多說了。」福星悄悄地躲到角落，「玩得開心喔，不送。」

正要轉身溜入廁所採取尿遁術時，一股強勁的力道從後方將福星拉離。

「主辦人怎麼能缺席呢！」布拉德邊說邊將他拖向走廊。

「我只負責火鍋的部分而已啊……」福星不滿地抗議。

「你不參加的話，就沒樂趣了。」

「真的？」福星受寵若驚地抬起頭。

「你在新生測驗的表現實在太出色了，令人回味。」布拉德揚起愉快的笑容，「等一下加油，好好娛樂我們吧！」

「什麼?!」

二十分鐘後，宿舍中庭。空蕩蕩的庭院裡，聚集了一小群人。

除了理昂、雙胞胎妖精維恩與薇琪之外，其他人都到了，而且每個人都全副武裝。

翡翠的脖子上掛了一大串奇怪的項鍊，手腕上掛了好幾條護身符，背包也塞得鼓鼓的。

福星猜想，那全身的行頭應該是要拿來賣錢而非自己使用。

洛柯羅手上拿著從餐廳裝來的大杯紅茶，另一隻手拎著個裝滿餅乾的塑膠袋，一副要去郊遊的樣子。

芮秋帶了把西洋劍，丹絹帶了本書，珠月則是帶了把短刃和一些藥物。

紅葉和妙春雖是空手而來，但是脖子上都掛著避邪勾玉。

小花則是帶著相機、錄音機和手電筒，還有不知道從哪裡弄來的工地用安全帽，標準的鬼屋探險裝備！

「呦，福星，你就這樣空手而來呀？真勇敢。」紅葉笑呵呵地開口。

「呃，沒有啦……」福星不好意思地抓了抓臉。

他被布拉德拉來，完全沒有時間準備。況且，他也不知道要帶什麼。

本來心裡是很恐懼的，但看見這麼多人聚在一起，膽量也大了起來。

有這麼強的隊友，他還需要準備什麼呢？

「至於你，」紅葉不屑地瞥了丹絹一眼，「你打算告訴我，知識就是力量？」

「少耍嘴皮了，母狐狸。」丹絹立起書，亮出上頭的字樣，「《異度空間中的祕境探索》，葛蘭教授寫的，裡頭記載了日落森林的狀況，包括可能出現的生物。」

他推了推眼鏡，得意地開口，「白金級讀者才能借的典藏書籍。目前校內只有四個學生擁有這個資格。」

「哇，好強喔。」紅葉冷冷地回應。「我等著看你拿這本書將伯爵夫人哄睡。」

討論了一會兒後，一行人進入森林。

最初的一公里路程沒什麼變化，道路兩旁被濃密的樹林給占滿。在越過一座乾涸小溪上的木橋之後，景觀開始改變。

筆直的平坦道路逐漸扭曲，路面因巨石及不知名的建築物碎塊而起伏不定。森林變得稀疏，點綴在來自各國、各朝的荒廢建物之間。

「這是拉斯普丁的宅第。」丹絹站在一座歐式莊園之前，捧著書對照解說，「有『魔僧』之稱的俄羅斯教士，擅長占星、巫術。二月革命時被毒死，扔入涅瓦河之中。」

「喔！」

繼續前行，一座樸素的中式矮房，灰色的外牆斑駁，兩扇開啟的窗牖，有如空洞的眼，洩漏出無盡的黑暗。

「這是張揚成住宅，乾隆元年發生在北京的滅門血案凶宅。屋主懷疑妻子和弟弟私通，便將兄弟、妻子，連同母親一併殺死。時人批評張揚成是『禽獸不如的惡鬼』。」丹絹皺了皺眉，「禽獸才不會做這種事。只有人類會這樣。」

「是是是。」

「這是魔女獵殺時期義大利的宗教裁判所，裡頭有拷問室和火刑場。此建築物保留了當時的藝術風格，白色的外觀象徵著純潔與莊嚴。」

「喔！」

「咯！」小花立即拍照。

「走得有點久了，休息一下吧。」翡翠建議。

「好的。那麼二十分鐘之後朝西路前進。」

小花四處拍照。洛柯羅則是坐在大堂的階梯上，拆開第二包餅乾開始吃。其他人則是在周遭閒晃。

福星坐在洛柯羅旁邊，覺得眼前的光景非常微妙。

森然詭譎的場域，此時彷彿變成觀光景點，只差沒有小販在四處兜售紀念品——

「有人口渴了嗎？我有三瓶氣泡水，每瓶一歐元。」翡翠掀開包包，掏出裡頭的東西，「還有蘇打餅乾和手巾，買三樣有折扣。」

呃，這下連小販都有了。

二十分鐘後，再度啟程。一行人朝著西方前進。路上的古蹟和樹木變得更少，放眼望去，周遭是無盡而廣袤的黑。

沿著碎石小道前行，道路盡頭處赫然出現了一幢巨大的古堡，巍然矗立，彷彿突然現身一般，攫住所有人的注意。

「到了。」丹絹停下腳步。

古堡有著華麗精工的外觀，細緻的雕像與濃豔的色彩交織出尊貴與奢華。然而在夜色的包圍下，古堡彷彿盛開在幽暗中的食人花，散發著致命而張狂的豔麗。

福星不安地咽了口口水，「要進去嗎？」

他覺得自己好像變成B級恐怖片裡的角色。明知屋有鬼，偏向鬼屋行。然後像他這種遜腳，在片中總是為了影片效果，轟轟烈烈地死掉。

「當然！」布拉德一馬當先地走上前，穿過外圍牆，來到土堡前方。其餘的人跟在後頭。

大掌才碰到門把，厚厚的門扉立即開啟。

布拉德輕笑，「這是歡迎光臨的意思嗎？」

「或許是指『歡迎來當我的洗澡水』。」紅葉笑著回應，「這位夫人可是拿人血泡澡呢。」

「真浪費。」芮秋不以為然地哼了聲，表現出對血腥夫人的輕蔑。

一行人步入城堡之中，門扉並沒有戲劇性地閉上。城堡的裡頭比起外觀差了許多，擺設物大多蒙上了灰，東倒西歪，有些房間甚至被破壞，門板破裂，家具被割毀。

小花進屋之後到處拍攝，其他人原本抱持著警戒，但是走了五分鐘之後，沒有任何動靜，便切換回走馬看花模式。

「無聊斃了。」布拉德沒意思地打量著伯爵夫人的臥室，「傳說果然只是傳說。」

「的確。」紅葉隨意坐在一張椅子上，「喂，小蜘蛛，你有沒有帶錯路啊？這裡真的是血腥夫人的城堡？」

「確實是這裡沒錯。」丹絹翻著書頁，「從外觀格局和位置推斷，完全符合紀錄。」

「看起來很普通呢。」芮秋跟著開口。

「好無聊。」

被大家鬆懈的態度感染，福星的膽子也跟著大了起來。他在那寬敞的房間裡四處亂晃，對每一件東西都感到新奇。

好大的房間……這是他第一次進到女生的臥室呢……

福星拉開華麗的紫檀衣櫃，裡頭擺滿了陳舊的禮服和些許貼身衣物。

他不好意思地趕緊閉上衣櫃，若無其事地走到房間角落。

在地毯的邊緣處，布簾從天花板垂下，掩蓋住部分的牆面。

彷彿著了魔一般，福星伸出手，將簾幕向旁拉開。

一個臉色慘白的女人出現，與他四目相對。

「啊——！」

福星驚叫，抓著簾子整個人向後一跳。突然的拉力，使得布簾被扯落勾環，大片的絨布將福星整個人覆蓋。

「啊啊啊！救命！救命！夫人不要啊！」

福星在黑暗的布簾中死命掙扎，四肢揮扯踢動，彷彿是落入網中的魚一樣。

「你在耍什麼白痴？」翡翠將布掀開，沒好氣地開口。

「女人！」福星驚恐地抓著翡翠。「有一個女人在那邊！」

「是麗．克斯特伯爵夫人。」芮秋平靜地開口，「這是她的畫像。」

畫像？福星回頭。仔細看，確實是畫。

畫家將夫人的容顏，以寫實的畫風記錄下來。輕薄的白紗長裙勾勒著克斯特夫人撩人的體態，雪白的臉蛋上有著深邃的五官，似笑非笑的臉，帶著妖異詭譎的魅力。

然後畫面上，克斯特夫人那飄逸柔媚的裙襬邊，有一個醜陋的黑洞，嫩白的小腳硬生生地消失在爆破性的黑洞之中。

「哇，福星，你把克斯特夫人的腳弄斷了。」洛柯羅蹲下，用手戳了戳畫布上的破洞。那是福星在掙扎時踢破的。

「呃，對不起……」

「沒關係，反正她已經不在了。」芮秋笑著安撫，雙手環胸，望著畫像，「傳說中的闇夜魔女，外表看起來卻像天使一樣。最完美的偽裝，難怪這麼久才被人發現她的惡行。」

福星盯著畫像上那絕世的容顏，心裡卻覺得毛骨悚然。

「嗯，雖然很無趣，但這裡確實是麗．克斯特伯爵夫人的城堡。」紅葉看著畫像，品頭論足了一番，「沒多好看嘛。」

「紅葉比較漂亮。」妙春笑嘻嘻地說著。

「妙春乖。」

「要走了嗎？」

「好啊，反正也沒什麼。」

「等一下。」珠月停下腳步，閉上眼，「我聞到水氣。」

「水？」

「這裡還有人在使用？」珠月的話語引起了大家的注意。

「我也聞到了巧克力脆餅的味道。」洛柯羅信誓旦旦地跟著開口。

「那是因為你剛才在吃。」福星忍不住吐槽。

「我沒有帶巧克力脆餅！」

因為珠月的話，眾人在房間內停留了一會兒，四處搜尋，但依舊沒發現任何東西。

「抱歉，大概只是雨水吧。」珠月羞愧地低下了頭，「不好意思耽誤了大家的時間！」

「沒關係的。」芮秋微笑著開口，「妳不用老是這麼卑微。」

「是的，抱歉。」

芮秋看著珠月片刻，撇開頭，繼續自己的腳步。

出了古堡，珠月走在隊伍後方，小聲地對福星開口：「芮秋是不是討厭我？」

「不會吧？」他覺得芮秋和老姐有點像，外表尖銳，但其實內心善良。

「這樣呀……」珠月低下頭，「還是我無意間冒犯到她了呢？」

「妳想太多了啦。」他不懂女生的心思，至少他知道，溫柔謙順的珠月絕對不可能冒犯到別人。

一行人浩浩蕩蕩地走著方才行經過的路徑，有說有笑地打道回府。

人聲喧譁漸漸遠去。

沒人發現，在步出日落森林時，身後的樹叢間，一個細小的黑影，正靜默窺視著。

Chapter03

我室友哪有這麼可愛

福星拖著沉重的步伐，回到寢室。

雖然這次的鬼屋歷險沒有發生任何事，但也讓他身心俱疲。回程的路上布拉德嫌無聊，便三不五時地作弄他，比方說突然從背後把他拎起來，要不然就是走到崎嶇路面時，猛地推他一把，然後在他差點跌倒時把他拉起。

他遲早會被這隻大狗玩死！

進入溫暖的房間，福星鬆了一口氣。理昂不在客廳，他猜想對方應該是在床區裡休息。

「我回來囉！」福星一邊脫下外衣，一邊開口。「日落森林裡有很多古蹟，我們還找到麗・克斯特伯爵夫人的城堡喔，雖然過程有點嚇人，但裡頭什麼也沒有。」

拿起毛巾和睡衣，步入浴室，脫下上衣，正打算刷牙梳洗時，一個雪白的面孔忽地出現在鏡中。

「哇靠！」

驚慌之餘，福星發現鏡中的人就是室友理昂，「你嚇死人啊！」這是他今晚第二次被嚇到！

理昂不語，靜靜地盯著福星。

「你要用浴室嗎？」真是的，說一聲就好了嘛……

理昂搖搖頭，忽地，做出比克斯特堡更令福星驚恐的事——

那萬年下垂的嘴角，竟然向上揚起，冷峭的雙眼彎成新月——理昂笑了，而且是非常明顯、非常燦爛的那種笑容！

天啊！靈異事件！

「理、理昂？」

「你回來了。」理昂開口，不是平常冷漠的語調，而是溫柔得令人發顫的嗓音。

「是、是！」他還在日落森林裡嗎？莫非這一切都是幻象？

「要洗澡？」

「嗯。」

「我幫你——」理昂伸出手，襲上福星的褲頭。

「不用了！」他不想要被男人服務！

「別客氣。」但理昂仍未停手，不由分說地扯下福星的褲子。

「夠了！」

理昂的動作突然停下，整個人像是當機一般，站在原地，盯著福星。

「幹、幹嘛啦！」一直盯著他的那裡看！

「福星。」

「怎麼了？」怎麼突然變得這麼嚴肅。

「你十八歲？」

「是、是啊！」

理昂輕嘖了聲，露出不忍的表情，彷彿診斷出癌症的醫生。「你需要治療。」

「混帳！啊！羞辱人也要有個底限！」

「我沒有惡意——」

「這是你想到的新整人方式嗎?!你——」呃？有酒味？「你喝酒了？」

「好像是。」

「喝多少？」

「桌上的馬克杯裡有水，那是我的杯子……」

妙春把房間裡每一個杯子裡都倒了酒。理昂大概是喝了妙春倒的酒，但那也才一杯而已啊！

「我覺得不太舒服……」理昂以手撫額，輕嘆了一聲，「繁星在召喚我的靈魂，我要卸下凡世軀殼，前往那悠遠的星河，重返聖潔之靈的懷抱之中……」

「你在鬼扯什麼啊？」

現在是怎樣！理昂腦子壞了嗎——呃！難道，這就是理昂不能喝酒的原因？不只酒量差，還會發酒瘋。

「莉雅……」理昂的手拂向福星的耳邊，「妳那有如黑絲絨的長髮怎麼不見了？」

「我不是莉雅！」天啊！更嚴重了！

「噢。抱歉。」

「嗯！知道就好！」嗯，還能溝通，看來似乎不是醉得太嚴重……

「那麼，迷人的短髮女士，有沒有人說過妳的眼眸很美？」他抬起福星的下巴，「像巴格達的夜空，有璀璨的星子在裡頭閃爍……」

「我不是——」噢！要死了！這人是誰？

「抱歉，我的頭有點暈眩……而且有點熱……」

「現在是二月，外頭還在下雪！」

「但是我的身體像普羅旺斯的盛暑。」理昂扯開領帶，「渴望著愛琴海的滋潤。」

「你住手啊！」

福星死命掙脫，費盡唇舌，好不容易將理昂安撫到一旁。接著趁著空檔，趕緊打了寢室電話給珠月。

珠月有不少日常用的藥品，他打算要一點醒酒的藥方。雖然翡翠也有很多東西，但他不想向翡翠要，省得被要求一堆回饋。

「珠月嗎？」電話接通後，福星急切地開口。

「她不在。」回應他的是冷漠而耳熟的聲音。

「妳是？」

「我是小花，來借用她的電腦。」

「喔。嗯，這邊出了點問題，可以請妳來幫忙嗎？」

「是你的問題嗎？」

「不是，是理昂。他醉了，而且行為怪怪的。」

「關我什麼事？」

「我剛要去洗澡，他竟然闖進來脫我衣服！」

「喔，感覺沒什麼看頭。」

福星聽見身後有些動靜，回頭一看，「現在他開始脫自己的衣服！」

電話旁邊傳來詭異的抽氣聲，靜默了幾秒後，「我馬上過去。」

二十分鐘後，當福星好不容易安撫理昂穿上衣服，乖乖坐在椅子上時，連接著陽臺的落地窗傳來輕敲聲。

福星回頭，只見小花正站在外側。

「妳怎麼從這邊進來？」

福星打開窗戶，發現對方的裝扮和前往日落森林時沒兩樣，「妳帶相機來幹嘛？」而且看起來比剛才的相機更專業！剛才是數位相機，現在卻換成單眼相機了！

「觀光取景。」小花神色自若地步入屋中。「宿舍的探訪時間已經過了。」

「所以妳就爬牆？要是被發現了怎麼辦?!」

小花斜睨了福星一眼，「有能耐進來就不會有事。」

「什麼意思？」

「夏洛姆重視的是能力和紀律。但紀律只是測試能力的一個標準，有辦法越過規範的界限就不必受規範限制。」

福星本想追問，但理昂看見小花的出現，整個人又開始不安分了起來。

「是小花呀。」理昂斜靠在椅子邊緣，衣襟敞開，手撐著頭，一副夜之帝王的神態。

「過來。」他低語，語音低醇，下達著媚人的指令。

小花像著了魔一般，緩緩地走過去。

「小、小花！」現在是怎樣啊！他找小花來幫忙，怎麼好像反而把她丟入虎口！

小花走到理昂面前，神色平靜。「你醉了。」她冷靜地開口。

福星暗自鬆了口氣。好險，看來小花還能應付場面。

理昂笑了笑，伸出手，撫上小花的耳朵，輕輕地揉捏。「妳的耳朵好可愛，耳窩上方是尖的。」

小花身子一震，福星彷彿聽見某個開關被打開的聲音。

「小、小花？」

「為什麼會有這麼可愛的耳朵呢？」理昂詢問。

小花伸手握住了理昂的手腕，移開耳邊，接著揚起嘴角低語，「這是為了更清楚地聽見你的聲音……」

福星愣愣。這是在演哪齣?!

「妳的眼睛也很漂亮。」理昂伸手拂向小花的臉，推了推她的眼鏡，「為什麼要戴著眼鏡呢？」

「這是為了要將你看得更清晰。」小花低聲回答，琥珀色的雙眼已變成貓瞳，瞳孔變得像針一般細。

理昂的手指向下滑了幾分，「妳的嘴唇紅豔豔的，很迷人。」

小花的眼睛變成月亮一般的顏色，發出幽光，她舔了下嘴唇，露出尖尖的貓牙，「這是為了——」

「小花！」現在是在上演小紅帽嗎！他怎麼分不清哪一方才是大野狼！

福星用力地搖了搖小花的肩膀。她回過神，趕緊向後躍開，遠離理昂。

「這傢伙太危險了！在他酒醒之前不能放他出去。」小花緊張地道。

理昂平時是個冷酷的闇血族，沒想到喝醉後就變成超強的男公關。

「喔？」有這麼嚴重？

「他的威力足以製造下一波嬰兒潮。」小花心有餘悸地喘了口氣，「現在有兩個辦法，一個是把他弄睡，一個是幫他醒酒。這只是單純的生理現象，不是病痛或咒法，所以沒什麼特效藥可以處理。」

「要怎麼做？」

「上網查。」小花冷冷地開口，「去知識家找幫手。」語畢，推開窗戶，走向陽臺。

「妳要走了？」這算什麼啊！「妳要留我一個人面對他？」

「放心。」小花靈活地躍上圍欄的邊緣，勾起嘴角，「反正你不會懷孕。」接著縱身一翻，跳入黑夜之中。

福星看著空蕩蕩的陽臺，然後回過頭。

只見理昂仍舊是那色氣滿點的表情，似笑非笑地打量著他。「只剩我跟你了呢。離日出還有四個小時，要做些什麼呢？」

福星抽了抽嘴角，乾笑了兩聲，「來倒數如何？」

太陽公公快出來吧！

當小花和福星在寢室裡為理昂的事忙得焦頭爛額時——

深夜的女宿，傳來了小小的騷動。

不明的入侵者，潛入了房間，製造了驚慌與騷亂後，留下了一片狼藉，瞬間消失。

理昂喝醉的那天，福星整晚沒睡，一方面要阻止理昂外出，另一方面又要阻止醉到六親不認、男女不分的理昂對自己出手。

好不容易熬到日出，闇血族避光的本能趨使理昂乖乖回到床區睡覺。可憐的福星睡不到三小時，就得起床去上第一堂數學課。

課堂上有個女學生驚恐地說，昨晚有死靈潛入她的房裡。不過沒人相信，只當她是得罪了某人而遭到報復而已。

「是真的，有個巨大的黑影出現在我房裡！」妖精璐比信誓旦旦地開口。

「看錯了吧？」其他人質疑地開口。

「並沒有！」

福星不耐煩地看了女學生一眼。昨晚的夜遊之後，他已經對靈異話題感到麻木了。同樣的話題一再出現，令他感到厭煩。

理昂對喝醉之後發生的事一點印象都沒有。累得半死的福星雖然感到不悅，但也暗自慶幸理昂不記得那些事，否則他很可能被滅口。

週四上完課回到房間，福星接到了寶瓶座發出的通知，隔天將進行第一次實習儲備員的集合。於是，在週五最後一堂課結束後，福星和以薩一同前往位於主堡中的寶瓶座集會中心。

主堡的內部相當華麗，年代也比起其他大樓來得古老。校方高層人員的辦公室、重要的文獻紀錄和貴重物品，大多設立存放於此。此外，與特殊生命體有關的重要會議大多也在此處舉行。

寶瓶座集會中心位在二樓。打開對開的大門，面對的是寬敞的會議廳，廳房兩側各有樓梯，連接到會長室以及其他辦公室。

福星和以薩到達的時候，會議室裡已坐了不少人。每個人的臉上都掛著「精英」兩個字，舉手投足之間散發出上層社會的氣息。

福星和以薩選了角落的位置坐下。福星打量著周遭，覺得自己格格不入。其他的一年級生看到他們，先是露出困惑的表情，接著是明顯的不屑，然後便徹底忽視他們的存在。

他不喜歡這種感覺。

等待的時刻太過無趣，福星只好向唯一的同伴閒聊。

「呃，以薩是哪裡人呀？」

「聖彼德堡。」以薩的聲音低沉，但細小如蚊蚋，「從匈牙利搬遷過去的。」

「喔。」他的地理很差，沒什麼概念。「以薩，你的身體狀況是不是不好呀？」

以薩沉默了一會兒，點點頭。

「喔，我也是！」好不容易找到共通的話題，福星笑著繼續開口，「我以前身體很虛，經常住院，都和一般同學隔離了呢。」

以薩頓了頓，小小聲地低語，「為了他們好，必須隔離。」

「是啊。」要不然把病傳染給別人那可不妙了。

「隔離帶來了恐懼，更要隔離……」

「啊？」福星沒聽清楚以薩的喃喃自語，注意力先被進門的熟悉身影吸引，「小花！」

小花看到福星，淡淡地應了聲。環顧了四周片刻，走向福星附近的位置坐下。

「妳也是實習儲備員？」

「這是我要問的。」小花雙手環胸，冷冷地打量會議室裡的所有人，「要成為寶瓶座儲備成員可不容易。」

她從上學期末開始花了極大的工夫，暗中深入了解班上同學的狀況，然後威脅利誘，好不容易才搶到這個職務。

「是喔……」歌羅德說的沒錯，看來別班的人真的都將能進入寶瓶座視為殊榮。

小花發現以薩，好奇地開口，「這位是？」

以薩靜靜地盯著小花，面無表情。

「以薩・涅瓦。」福星代答。

「闇血族的？」

「是。」

小花斜睨了福星一眼，「我不是在問你。」

「但是他也沒回答妳啊。」

「他會說話嗎？」小花上下審視了那高大的身影，「開關在哪？」

「他是真人啦！」

「這樣啊。」小花用琥珀色的貓眼，直勾勾地盯著以薩的臉，然後視線漸漸往下，像是掃描機一般，仔細地觀看。

以薩發出一聲低吟，身子微微動了動。

「呃，妳這樣有點失禮。」以薩該不會是生氣了吧？

小花移開目光，點點頭，下了個莫名其妙的評語。「資質不錯。」

「什麼？」

「沒事。」

隨著人員漸漸到齊，周遭的喧譁聲也跟著提高。每個人的臉上都帶著興奮與自傲的神色，在假意的寒暄之中，故作漫不經心地炫耀自己的優勢，若無其事地貶低他人的價值。

說實在，這群「精英」所營造出的氛圍，令人反感。

「小花，為什麼大家都想加入寶瓶座？」

「大部分是為了膚淺的理由想擠進窄門。寶瓶座最初的成員都來自各族中的王室貴戚，在特殊生命體世界和人類社會同時擁有地位、權勢、財富，並且持有許多古老的咒術和魔法書，聽說能幫人驟升能力。如果成為正式成員，通常能從歷屆學長姐那裡得到不少好處。」小花輕蔑地笑了聲，「簡單來說就是想攀關係啦。」

「那小花又是為了什麼理由想進入寶瓶座？」

「少部分是為了權力，一旦成為寶瓶座成員，便能夠擁有許多一般學生沒有的特權。」小花得意地哼了兩聲，拉開背包，拿出擁有高畫素相機功能的超薄手機，「當然，更大的原因是出於個人興趣。」

福星來不及問，室內的喧囂頓時靜默。

有著金色長髮、戴著單邊眼鏡的少年步入屋中。小花不動聲色地抬起手，默默地將對方的容貌姿態拍下。

原來是這個興趣啊……

「歡迎各位，我是副會長，風向精靈希蘭。」

精緻的五官，淺藍色的眼眸，渾身散發出高雅的氣息，完全符合傳說中「精靈」的形象。

福星想起翡翠也是風向精靈。仔細一看，發現希蘭和翡翠的外貌有點相像。

「是風向精靈！」前方的一年級生興奮地低語，「精靈界裡最尊貴的種族！」

尊貴的種族？

福星腦中閃過翡翠背著大包小包商品兜售的模樣。

……感覺不像。

如果風向精靈是高貴的種族，為何翡翠給人的感覺像是出自困苦人家？

希蘭繼續開口。「寶瓶座不僅是夏洛姆裡的重要團體，也是特殊生命體界舉足輕重的組織之一，我想，在座的諸位應該都是明白這點才會進入這裡的。」

福星和小花對看了一眼，心照不宣地露出微笑。才怪。

「寶瓶座除了協助校方處理學生事務之外，也會舉辦私人性的校外活動。諸位目前是實習儲備員，只能接觸到校務方面的事。經過這學期的審核評估，寶瓶座會從中選出適合的人選。所以，」希蘭揚起燦爛的笑容，「好好表現吧。」

希蘭交代了些事，介紹會內的重要幹部，接著發了些資料，就散會了。

「奇怪，怎麼沒看到會長？」走在回宿舍的路上，福星好奇地詢問。

「會長是某個已經畢業的校友，不在校內。」

「都畢業了還當會長？」

「是的。從第四屆開始就維持這個狀況。據說會長是能力和權勢都很強大的妖精，是支撐寶瓶座的最大勢力，在校生最多只能當到副會長。寶瓶座的畢業校友，也透過這個組織間接影響校務。」小花沒好氣地聳肩，「都已經什麼年代了，還搞垂簾聽政這一套。」

「校長沒意見喔？」小學的時候，有攤販在校門外賣冰都會讓校長氣得哇哇叫了說。

「沒有。畢竟到目前為止，寶瓶座對學校的貢獻多於缺陷。此外，夏洛姆的經費有一大半也是來自寶瓶座的畢業校友。」小花停下腳步，勾起嘲諷的笑容，「咱們特殊生命體也越來越人性化了呢，是吧。」

「呃嗯。」他不知道要如何反駁。「小花討厭人類？」

「不怎麼喜歡。」

「這樣喔……」福星露出了落寞的表情。

雖然他不是人類，但是當了十八年的人，聽見人類被批評，難免感到失落。

「又不是在說你，幹嘛難過？」小花用怪異的眼光看了福星一眼，「況且，精怪大多對人類沒好感，正確來說，應該是所有的特殊生命體都不喜歡人類。」

要不是為了生存，他們才不想了解人類，更不想進入那被人類弄髒的世界。

「這樣喔……」福星靜靜地走了幾步，突然浮出一個疑問，「可是，很奇怪啊。」

「怎麼了？」

「既然討厭人類的話，為什麼每個特殊生命體都要變身成人類的樣子？」

獸人、精怪都是經過磨練之後才能化成人形，精靈、闇血族還有部分族類，既然不是人類，為什麼生來就擁有著和人相同的外貌？

「小花也是修練許久才變身成這個形態吧？」

小花愣了愣，好像從未想過這個問題。

「變成自己討厭的生物，難道不痛苦嗎？」

「少囉唆！」小花皺起眉，惱羞成怒地大吼，「這是兩回事！你這不倫不類的外行精怪懂什麼！」

糟糕，他又說錯話了！「我只是隨口問問而已，沒有別的意思！」他似乎有踩人地雷的天賦，連閒談都能惹怒人。

「真的很抱歉！對不起！我實在太差勁了，又蠢又笨又白目，胡說了一堆沒腦的混帳話，真的很不好意思……」

這是他從小學到的經驗，白目的他總是惹女同學生氣，但是他後來發現，只要惹怒女生，不管是誰的錯，總之先把罪過攬到自己身上，然後自己數落自己的不是，用詞越激烈越好，通常這樣做就能夠激起對方的母性，進而牽動憐憫之心，接著就能消解爭端，化干戈為玉帛。

小花雙手環胸，冷冷地看著福星手忙腳亂地道歉，沒好氣地哼了聲，「確實如此。你知道就好，蠢蛋！」接著自顧自地加快腳步，走向前往女宿的小徑。

看著小花的背影，福星嘆了口氣。

這樣算和好了嗎？

女人已經很難以理解了，沒想到女性精怪又是另一種模式的難以理解。

他該不會注定一輩子沒有異性緣了吧……

開學的頭幾週，有很多大小瑣事必須處理，好不容易穩定之後，已經進入二月了。

福星抽出空檔，在午休時間前往校園南角的花圃。走到禁忌之塔附近的草坪，遠遠地就看到熟悉的身影正靠在樹下看書。

「嘿！」

福星開心地衝向前。「好久不見！」

「好久不見。」悠猊放下書，笑著開口，「都開學快一個月了才來找我。在忙什麼呢？」

「有一些雜事要處理啦。」福星坐在悠猊旁邊，拿出從餐廳帶來的杯子蛋糕，「要不要來一個？巧克力還是香草口味？」

「不用了。」

「放心，這是免費的！」

悠猊看著福星，淺笑，「你和你朋友越來越像了呢。」

「呃！」福星愣愣。赫然發覺自己方才的行為模式簡直是洛柯羅和翡翠的翻版。「抱歉喔。」

「不，這是好事。」悠猊伸出手，拿了一個杯子蛋糕，「多和他們相處，會得到很多。」

「嗯嗯。」悠猊說的話他聽不太懂。不過他也習慣了。

福星喜歡和悠猊一起聊天，在悠猊身上，他感覺到一種特別的親切感，彷彿他們是很久以前就認識的好友一樣。

說到認識，他突然想到一件事，「對了，悠猊，你是哪一班的啊？我之前有去二、三年級的教室，沒看到你。」

悠猊停頓了片刻，抬起頭，笑咪咪地望向福星，「最近發生了什麼有趣的事嗎？」

福星盯著他，呆愣了一秒，接著快速地開口回答，「有啊！前一陣子我在寢室裡舉辦了火鍋大會！還去了日落森林探險！另外，我被選上寶瓶座實習儲備員喔！」

「真的呀。」悠猊笑呵呵地咬了口杯子蛋糕，「說給我聽聽。」

「喔，好啊！就前幾個星期的晚上……」

福星興沖沖地將開學後發生的趣事一古腦地說出，絲毫沒有察覺任何異樣。原本提出的問題，就這樣不著痕跡地被抹去了。

「聽起來你這幾天過得非常充實。」悠猊笑著將指尖上的碎屑舔掉，「日落森林確實不太安全，以後還是少去。」

「這樣喔。」福星抓了抓頭，「說到這個，我在克斯特夫人的城堡裡弄壞了一些東西。她的畫被我踢破了，不知道會不會有壞事發生？」

「應該是不會。」悠猊頓了一頓，似乎是想起某件事，「不過，我不確定。或許還是會有些什麼狀況產生吧？」

噢噢，他差點忘了，確實是有些東西混進來了。

雖然微不足道，可對方似乎不打算保持沉默。夏洛姆這陣子將會過得不太平靜。

但，這不關他的事。

「是喔……」福星咽了口口水，「希望沒事。」他最怕那些怪力亂神的東西了！

「放心，福星不會有事的。」

「你看起來很開心。假期過得很好喔？」

悠猊咧開嘴，露出大大的笑容，「算是吧。」

確實，他很開心，心情很好。所以，他有心思有閒情逸致觀看鬧劇。

惹人厭的偽善者不在，這裡，甚至是整個北半球，都是他的地盤。

來娛樂他吧！夏洛姆！讓他在這無趣的等待裡，多點樂趣！

共同必修的異能力實作課，是整個年級同時進行的大課程。

一如平常，在教授到達之前，學生們彼此閒聊，交流八卦，消磨時間。

然而今天的氣氛不太一樣，大家在說話時似乎有意壓低音量，使得整間大教室迴盪著嗡嗡的低語聲，談話者的臉上都帶著點緊張而興奮的複雜神色。

「怎麼了嗎？」感覺好像發生什麼人事似的，福星低聲詢問，「是學園祭的事？確定要舉辦了嗎？」

「不是的。學園祭的消息還沒公布，要等四月校長從南半球分校回來才知道結果。」

珠月露出了不安的表情，「是女宿昨晚發生了一些事。」

「喔?怎麼了?」

看珠月的表情,該不會是有內衣賊吧?還是說有變態潛入女子澡堂?呃!他好像不小心罵到自己……

「我也不太清楚……」

「二年級的蛇妖在澡堂遇襲,受了些傷。」在一旁操作著 iPhone 的翡翠,悠哉地開口解釋,「今天凌晨兩點發生的,目前她還在醫療中心裡。」

接著,翡翠自顧自地開始描述聽聞到的消息。

凌晨兩點。

假期沒有排課,占有校區三分之一面積的教學大樓區,靜默無人。房舍被黑暗填滿,彷彿是注滿濃墨的水族箱。

昏暗的空間,森然詭譎。然而對情侶而言,卻是個充滿曖昧與暗示的幽會景點。

二年級的蛇妖青璘與情人約會,直到凌晨才依依不捨地分離。當她回到寢室時,室友已經入眠。為了不吵醒對方,她靜靜地拿起換洗衣物,前往一樓的澡堂。

大浴池已經關閉,只有淋浴間仍然開啟。雪白的瓷磚與水藍的隔間,反射著燈光,無瑕而澄淨。

窈窕的身影，隨意地拉開毛玻璃製的門扉，進入。扭開蓮蓬頭，細密水柱落下，在地面上彈出清脆的聲響。偌大的空間，只有水聲迴盪。

聲音靜止，門扉開啟。梳洗完畢的青璘裹著浴巾走出，準備前往置物間更衣。踏著輕盈的腳步，隨興地哼著歌，回想著與情人相處時的濃情密意。

「啪！」剎那燈滅。黑影將雪白的空間染黑。

是管理員嗎？

「還有人在使用，請開燈。」

回應她的，是自己的悠然回音。

搞什麼鬼……青璘摸著牆前進。蛇族的視力較差，在黑暗中無法敏捷行動，她只能勉強藉著氣窗透入的些微月光，辨識位置。

「喀啦。」物體碰撞的聲響從側邊響起。不大不小的聲音，在寂靜的黑暗中格外清楚。

「是誰？」青璘朝著聲源前進，片刻，她摸到了門把。

出口在這裡嗎？握住橫桿，向前一推。然而，迎向她的，仍然是無盡的黑暗。淡淡的檀木香撲鼻而來，那是澡堂裡和風浴池的獨特氣味。這裡是浴池區，並非出口。

不對勁。

「是誰?!」青璘進入警戒狀態，緩步邁入，眼睛半妖化，變成帶有螢光的黃色。

「喀咚。」聲響再度響起，位置差不多在浴池邊的排水口附近。

「出來！」

靜默無聲。

不安的氣息，一點一滴地侵入神經，腐蝕著理性與勇氣。青璘站在黑暗中，緊張地打量著周遭的環境，卻只看得見被黑暗給模糊了的矇矓輪廓。

到底是誰這樣惡搞？該不會是E班的三八妖精刻意整她吧！

「喀咚！喀咚！」

「那裡！」青璘朝著聲源，射出了一記以蛇毒凝聚成的利刃。

寧靜再度降臨。

青璘輕喘著氣，望著攻擊的方向。

沒事了？

不管是誰，受了她的攻擊應該無法再——

「喀咚。」聲音再度響起。

在她身後。

青璘赫然回首，只見身後兩點幽光浮在空中。

「啊！」她倏地向後猛退，在低階處踩空，整個人頓失重心，往後跌落。

「鏘！」碎裂聲響起。冰冷的刃面，在細長的腿上劃下一道深溝。

「唔……」

殷紅的血汩汩流下，沿著瓷磚間的隙縫，流向位於下方的浴池，將浴池的水染紅。

翡翠敘述完畢，場面陷入詭異的安靜之中。

「就這樣。有傳聞說是死靈作祟，雖然大多數的人嗤之以鼻，但是也有一部分人相信。」

聽起來頗詭異的。不過，更令福星好奇的是另一件事。

「為什麼女宿的事你會這麼清楚？」福星賊賊地竊笑，「我以為你只對錢有興趣。」

「是這樣的沒錯。」翡翠抬起頭，揚起笑容，「託這件事的福，已經賣出了五條避邪項鍊。」

果然……

「利用惡靈賺錢，你不怕它來找你喔？」

「能幫我賺到錢，就是財神，即便對方的身分是死靈也一樣。」

好樣的！

「況且，怎麼可能會有惡靈啊。」翡翠不以為然地開口，「這裡可是夏洛姆呢！」

「說得也是。」再怎麼說，這裡可是妖怪的大本營吶！

SHALOM ACADEMY

Chapter04

惡靈在身邊

SHALOM ACADEMY

寒川在上課時略提到了青璘的事，但他似乎認定這是學生間惡搞出來的攻擊。

「我不管你們之間有什麼恩怨，要鬥毆也不干我的事，但是——」寒川嚴厲地掃視了臺下的學生一圈，「要是鬧得太過分，別怪我不客氣！」

教室裡頓時噤若寒蟬。

簡潔且恐嚇意味十足的精神喊話之後，進入課程。

練習時，福星小聲地和小花低語，「沒想到寒川還頗關心學生的嘛！」雖然語調重了點，臉色難看了點，用詞也激烈了點。

「他只是不想在下班時間被派去調查罷了。」小花冷哼，「今天早晨，寒川的咒罵聲傳到了二樓，感覺得出他對一早被叫到女宿感到非常不悅。」

「是喔……」

看來寒川的組成成分裡沒有教育愛這個元素。

下了課，回到寢室的路上，有兩個女生向翡翠購買護身符，讓貪財的精靈樂不可支。

「不管襲擊蛇妖的凶手是誰，我都感謝他！」翡翠笑呵呵地把錢收入隨身攜帶的小鐵盒裡，然後扣上鎖。

進了男宿，才踏上樓梯，只見早一步回寢室的洛柯羅氣急敗壞地衝向他們。

「你們一定要來我房間看一下，我的餅乾又不見了！」

「你自己吃掉了吧?剛才中場下課不是看你在吃東西。」福星跟著洛柯羅一起上樓,走向房間。

「那是蘋果派!」

洛柯羅邊走邊解釋,神情又氣又沮喪,「薰衣草餅乾是限量的甜點,我打算慢慢吃的……」

「好好,我們一起幫你找。」

福星一面安撫著洛柯羅,一面和翡翠繼續著原本的話題,「說到蛇妖,青璘該不會和《白蛇傳》的小青有血緣關係吧?」啊,他突然好想吃粽子。

「沒有。」

「喔,我想也是。」

傳說和現實果然有差距。

「她們是不同支派的。青璘是北方的蛇妖,小青是南方一族的長老。」

「所以《白蛇傳》的故事是真的囉?!」天啊,到底有多少他曾經認為是虛構的事物是真實存在的?「翡翠你知道的真多耶!」沒想到這傢伙這麼博學多聞,連東方大陸的傳說都一清二楚。

「珠月講的。水系蛇妖和陸系蛇妖的屬性不同,護身符的材質也會有不同的影響,有時甚至可能會引起過敏反應。」翡翠精明地勾起嘴角，「今天賣出的護身符裡有三個就是蛇妖買的，陸系和水系都有。」

「你真是……」

福星不知道該怎麼回應。可喜的是至少翡翠這傢伙還有點商業道德。

原本在翻箱倒櫃、找尋餅乾下落的洛柯羅，聽到兩人的對話，注意力瞬間轉移，「什麼小青？」

「《白蛇傳》故事啦。」

福星簡單地描述了這個民間傳說，然後很巧妙地把話題轉到端午節的食物上。

「粽子?!」洛柯羅一臉茫然。

「是啊，大約長這樣。」福星用手比了比，在空中畫出三角形，「有包肉和菜，也有包豆餡的。想吃嗎？」

「想！」

洛柯羅兩眼發亮，像是期待著禮物的小孩。餅乾的事，已經完全拋到腦後。

「那我們去食堂。聽說廚房裡有隻姑獲鳥，她應該會煮。」

「好！」

洛柯羅起身，拎起背包，一馬當先地衝出房間，「走吧！」

翡翠暗暗地對福星豎起拇指。「幹得好。」他壓低聲音讚賞，「看不出來你對哄小孩頗有心得。」

「沒什麼。」福星一副遊刃有餘地淺笑。

三人步出房間，將門扉扣上。

房裡陷入沉靜與黑暗。

緊閉的窗戶旁，垂下的厚窗簾不自然地顫動了兩下。

潛伏在暗中的雙眼，方才正靜默地旁觀著房裡發生的事。

午夜三點。校園被黑幕籠罩。

夜晚雖是大部分學生活躍之時，但凌晨三點是夜晚與白晝交界的過渡帶，一日中另一個變動之刻。大部分的學生在這個時刻已回到宿舍之中。

校內一片靜謐。

少女的身影穿過教學大樓，前往女生宿舍。為了節省時間，她捨去道路，直接穿越陰森濃密的樹叢。

太晚了。她不該把作業忘在教室裡的……但明天傍晚就要繳交，要是不趁現在趕工就來不及了。她可不想被寒川盯上！

「沙……」

樹叢傳來細小的磨擦聲，少女警覺地停下腳步。

「有人嗎？」是誰這麼晚了還在這裡？

呃，傳聞常有人會在樹林裡幽會，該不會是恰好有兩隻妖精在樹叢裡打架……

「呃嗯，我什麼都沒聽見。我要走了。」少女繼續自己的腳步，準備快速離開現場。

「啪喀！」

奇異的碰撞聲響起，距離比方才更加接近。

「是誰？」少女驚恐地回頭。

忽地，劇烈的白光在眼前一閃而逝。

視力在突如其來的震撼之下，喪失了功能，少女渾身僵直，無法動彈。

白色的光聚在眼中，擋住了所有的東西，片刻，慘白逐漸被黑暗侵蝕取代。

少女的意識墜入了無盡的黑暗。

早晨十點，成員以夜行生物為主的夏洛姆，此時通常處於靜謐之中。然而今天卻不太相同，宿舍內傳來不小的騷動，學生們或站在走廊上，或待在寢室中，低聲交流著虛實相摻的情報。

校舍裡教職人員臉色不佳，連課堂上的教授似乎都有些焦躁。

早晨的基礎化學，參與的學生大多是精怪或精靈裔的學生，一C的學生就有六個學生選修。

趁著實驗的空檔，福星低聲詢問同組的伙伴：「發生什麼事了呀？」

「聽說，二年級的女生受到攻擊。」丹絹將試管舉到眼前，瞇起眼，小心翼翼地將液體倒入指定的刻度上。

「攻擊？被誰攻擊？怎麼會被攻擊呢？過程是怎樣？」是傳說中的校園霸凌嗎?!

珠月一邊記錄一邊開口，「二A的麋鹿精，茸芷，被人發現昏倒在樹叢裡，醒來之後神色恍惚，身體虛弱，而且一直嘔吐。聽說她晚上回校舍拿作業，路上看見一道白光，然後就失去意識了，之後的事也記不太清楚……」

「聽起來好恐怖。」維恩和薇琪發出害怕的嗓音。

白光？

「所以凶手是外星人?!」《X檔案》就是這樣演的！

眾人對福星投以鄙視眼光。

「呃，我開玩笑的。」福星尷尬地傻笑了兩聲，「說不定只是她眼花又吃壞肚子了而已，為什麼教師們看起來這麼緊張？」

他還以為是學妹被學姐堵在廁所裡面痛毆、拿煙蒂燙手背，或者鞋子裡被放圖釘、課本被割爛之類的事。

「因為這不是個別案件。」翡翠皺了皺眉，有點心不在焉，「你忘了青蛇的事？」

「青璘嗎？不是有人說是感情糾紛造成的尋仇事件？」好像是小花說的吧，青璘學姐的男友的前女友好像曾經和她有正面衝突過。

「不是，不是。」薇琪伸出食指搖了搖，「譚雅不會做這種事。」

「譚雅？是班上的那個狼族嗎？」總是跟在布拉德附近的啦啦隊型辣妹。

「對。」

「但是她看起來……呃，有點凶。」感覺就是大姐頭型的狠角色。

「譚雅才不會暗算人呢，」薇琪揚起甜甜的笑容，「她要是真的想對付青璘，會直接扭斷對方的脖子。」

「沒錯，沒錯。」維恩笑著應和。「或是抓破對方的肚子。」

「對。」天使一樣的雙胞胎，樂呵呵地笑個不停。

「呃……」這是該高興的事嗎？

珠月接著補充，「可疑的人都有不在場證明，正確來說，在那個時段，那個地點，只有青璘一個人，全女宿的人都有不在場證明。」

「到底發生了什麼事？」丹絹皺著眉，似乎對翡翠陳述的故事感到不悅。

「不知道，所以才令人不安。」

福星本來想說「說不定青璘只是自己滑倒而已」，但氣氛不對，便乖乖閉嘴。

丹絹沉思了片刻，放下試管，嚴肅地開口，「有這麼明顯的攻擊事件，但校內的偵查系統沒有任何異常。所以，凶手應該不是從外頭侵入的。」

福星發現眾人的臉色變得凝重，但他實在不懂原因。「呃，這是很嚴重的事嗎？」

「或許……」

「就算真的很嚴重，也和我們無關吧？」

「不一定。對方有能力在防禦倍加時段潛入，並且傷害學生，可見並非一般人物。這樣的強者，只要一踏入校舍區，就算沒發動任何能力，也會被偵查系統鎖定察覺。但卻什麼也沒感測到。」丹絹停頓了一秒，「不過，防禦偵查的咒語是屬於物質系，只對生命體有反應。如果對方是死靈，那麼就不會被感測。」

「呃！死靈？」怎麼又扯到這個？

「你沒發現嗎？」珠月苦笑，「這兩起事件，都是我們進入日落森林之後發生的。」

福星愣了愣，他完全沒想過這些事和他們的關聯。

「呃……」

好像是這樣，但是……怎麼感覺怪怪的？

太過武斷了吧？

丹絹放下試管，像恐怖片預告裡的旁白一樣，幽幽地做出令人不安的結語。

「或許，我們誤觸了不該開啟的禁忌之門。」

是這樣嗎？所以是他們引起的災難囉？

看著神色凝重的友人，福星突然覺得，有種無奈卻又掃興的感覺罩上心情。

大家這麼嚴肅，這麼擔心，他似乎應該也要表示關心才對。

但是，不知道為何，他卻有種置身事外的抽離。看著眾人的擔憂，他不僅無法理解，無法融入，甚至——

有點厭煩……這樣的大家。

——別讓我感到無趣，你們……

無聲的低語從心底響起。

他在想什麼！

福星打了個顫，對自己的思緒感到惶恐。

不可能會有這種感覺的！

別再亂想了，福星。

溫暖的手搭上了他的肩。

「別想太多啦，福星，若真是我們惹的麻煩，被攻擊的對象也應該是我們才對。」

珠月發現福星的臉色僵硬，以為他是因死靈的話題而緊張，便柔聲安撫，「大家都沒事，不是嗎？」

福星回神，附和地點點頭，「是啊！沒錯！」

珠月彎起眼眸，牽起柔柔的笑容。

看著那容顏，令人心情也跟著柔軟了起來。那份溫柔與善良，彷彿會傳染。

福星不自覺地握起珠月的手，看著她呵呵地傻笑。

下一秒，遠在教室另一角的布拉德，以狼人高速而敏捷的行動力衝到福星身後，暗暗地敲了他一記，然後再若無其事地衝回自己的位置。

福星撫著後腦勺，回頭看著肇事者。

布拉德，你是小學生嗎?!

不過多虧這一敲，把原本盤旋在腦中的異樣情緒硬生生地打散。

下課時分，換教室前，珠月忽然想到某些事。

「對了，福星，你有看到小花的黑色背包嗎？她好像有東西不見了。」

福星抓了抓頭，「我沒印象耶。她的背包是在哪裡失蹤的？」

「她說是在寢室，但我不清楚。」

「幽靈就算了，該不會有小偷吧？」福星偏頭思考，「能夠通過夏洛姆的防禦系統的人，應該不會只偷個背袋。難道說袋子裡——」裝了珍貴的寶物？

「裡面裝的只是攝影器材而已。」珠月看出福星的想法，笑著解釋，「況且，比起小花自己在寢室裡布的結界禁咒，夏洛姆的防禦咒就像安全別針一樣親切呢。」

「是喔……」

又一個深夜。月如勾，刺穿了夜幕。慘淡的月輝，使得醇美的黑夜摻入了雜質。萬物被覆上若有似無的模糊，原是聖潔而凝練的黑暗，被勾出了恐懼與不安的色彩。

禁忌之塔附近，最偏僻的角落樹叢，有個矮小的身影在林間晃動。帶著寒意的春風颳過，風聲挾帶著若有似無的啜泣聲，幽咽而陰森。

「曼陀羅、夾竹桃……」斷斷續續的低語，與樹葉的摩挲聲相混，像是喃喃自語，又像是數十個不同的人在竊竊耳語。

「對不起。對不起……」

「叩、叩。」悶然撞擊聲。

「但是，受傷是必要的。為了他好……」

「唰！」

「會有一點點痛，對不起。」

「叩、叩……」

風聲驟止，瞬間只聽聞見低低的啜泣。

「惡靈會帶來驅魔者，災難會帶來救世主。他只是想要得到他想要的東西。」

夜風再度捲襲，打散模糊不清的話語聲。

「對不起……」

「叩、叩。」

黑影顫動，蜷伏瑟縮在樹叢間，與暗夜相融。

一旁的高樹上，修長的身影，居高臨下地盯著那躁動的影子，揚起玩味的笑容。

自從聽了丹絹推論之後，福星也開始懷疑校內的攻擊事件和那夜的探險有關。

雖然他仍覺得這兩件事只是巧合，但又沒有辦法反駁丹絹的推論，害他也跟著悶悶不樂起來。

真的是他們惹的禍嗎？

這樣說的話，如果那天他阻止大家夜遊，說不定就不會有這些事發生了。

甚至，說不定，他根本就不應該舉辦什麼火鍋大會……

雖然感到不安，但，又能怎麼樣呢？況且，又不一定是他們造成的。他應該學學翡翠，看開一點。

「我也是有良心的好不好！」回想起下午，翡翠數著錢，理直氣壯地開口，「我已經自動把標價打八五折出售了呢！」

該說他是臉皮厚還是豪邁不拘呢？即使知道可能是他們惹的禍，卻絲毫不以為意，照樣賣他的避邪商品，極盡所能利用各種噱頭賺錢。

福星回到寢室，只見理昂一如往常地坐在窗邊看書。看見這樣熟悉的場景，心裡頓時安定了不少。

「晚上好。」福星走向床區，放下背包，站在床邊發呆了幾秒，接著走向客廳，坐在窗邊的另外一張大椅上。

「吃晚餐了嗎？這兩天過得怎樣呀？班長的工作還習慣吧？需要幫忙的話儘管開口，不用客氣喔！」福星輕鬆地開口，自顧自地閒話家常。

理昂抬眼看了福星一眼，又將目光移回書本上。

「今天的特餐是關東煮呢！彌生和日本學生都很開心。梅莉雅最近想嘗試加入更多異國料理，聽說是我們火鍋大會給她的靈感！對了，梅莉雅是餐廳的大廚之一，是名叫凡尼克的妖精喔！」福星滔滔不絕地說著，即便他的談話者並未答腔。

「那天的火鍋大會真的很開心，我從來沒有和這麼多朋友在一起，這麼歡樂過。」福星夢囈般地回想著，話語停頓了幾秒，「可是，似乎因為這樣，帶來了一些麻煩……」

愉快的語調，摻入了明顯的落寞。

「我好像太過隨心所欲了。嗯，而且那天還勉強你留下來參加……」太任性了。

「啪。」

厚實的精裝書倏地合起，發出聲響，將福星從低沉的思緒中拉出。

「理昂？」

「別發出噪音破壞我讀書的興致。」

「喔，抱歉。」

「有什麼事就直說。」理昂雙手環胸，淡然地望著福星，「自怨自艾只會令人厭惡。」

「是……」啊，他又惹人討厭了。

正打算起身回到床區時，放在一旁的大理石長桌映入眼中，勾起了不久前的記憶。

呃，理昂是在關心他嗎？

回過頭，只見理昂的目光仍看著他，書本擱在一旁的矮桌上，看來短時間內並不打算繼續閱讀。

福星受寵若驚，感動得想撲過去給理昂一個擁抱，但想起這樣的舉動會讓理昂覺得難堪，便忍了下來。

彆扭的傢伙。但又多麼令人喜愛。

福星坐回原位，「你知道麗．克斯特伯爵夫人嗎？」

「知道。」

「我們那天晚上去日落森林，找到了她的城堡。」

「芮秋和我提過。」理昂的嘴抿成一線，似乎對這趟行程有些不滿。「然後？」

「這幾天發生了一些奇怪的事，我猜，會不會是我們在城堡裡做了某些事，所以引來不好的東西……」

「你說的『不好的東西』是指什麼？」

「呃，死靈啊！比方說克斯特夫人的惡靈之類的。」

「對闇血族而言，克斯特夫人是個不光明的過去，但她已經死了。」

「但是聽說她精通黑魔法和巫術，所以……」嗯，總之又強又壞的一個女人，所以死了之後一定也很猛。

「以克斯特夫人的能耐，是有可能化身成強大的惡靈。但是，她沒理由來夏洛姆招惹學生。她要復仇的對象可不在這裡。」

「呃，如果是說，有學生不小心得罪她呢？」

理昂挑眉，不理解福星的含意，等著對方解釋。

福星不好意思地抓了抓臉頰，尷尬地承認，「在城堡裡，我不小心踢破了她的畫像……真的是不小心的。」但是，確實踢壞了。

理昂重重地嗤了一聲，彷彿聽見了最愚蠢的告解。

「說不定因此激怒她了啊！不是說克斯特夫人的個性很凶殘嗎！」福星不死心地為自己辯駁，「說不定，下一個就是我啊！哪天你醒來，就發現睡在隔壁的善良室友渾身冰冷、再也不能說話了！」

理昂輕笑了聲，「噢，聽起來真令人期待。」

「哼！」可惡，只會嘲笑他！

「別想太多，這些事只是巧合，與你們無關。」理昂將書拿起，一頁頁地翻向方才閱讀到一半的位置，暗示著短暫的交流時間就此結束，「另外，別再提起有關克斯特夫人的事。」

「為什麼？」

「因為有人不喜歡聽。」

「什——？」什麼意思？福星本想追問，但才要開口就被打斷。

「對了，既然你提到了那晚的事，我有件事想請教一下。」理昂抬起頭，望著福星，眼神嚴肅，彷彿庭上的審判官，「為什麼我沒有那天晚上十點以後到清晨這段時間的記憶？」

「呃！」

「還有，為什麼我醒來時衣衫不整？」

「呃！」

是你自己脫掉的啊！福星想這麼講，但是一想到理昂要是知道那晚發生的事……下場悽慘的絕對會是自己。

「可以請你解答嗎？」冷漠如冰的音調響起。

「呃嗯，這……」福星眼光閃躲，支吾了一陣，忽然靈光一閃，「顯然這又是另一起靈異事件！」

理昂挑眉。

「你的狀況和二年級的鹿精一樣，都有喪失短期的記憶！」福星重重擊掌，儼然發現案件關鍵的偵查組長，「你也遭受到了攻擊！喪失記憶是最好的證明！或許就是克斯特夫人，不管對方是誰，但都是來自惡靈的詛咒！」

理昂狐疑地盯著福星，對這答案不甚滿意，但一時間又找不到有力的反駁證據。

「沒想到有我在場，我的室友竟然還受到侵擾！」福星扼腕，痛心疾首地自責，「實在是太慚愧了！理昂，抱歉！我會好好守護你的，就像牧羊人守護小羔羊一樣，嚴謹卻又輕柔——」

「閉嘴！」理昂皺起眉，一臉厭惡。「滾。」

福星假裝露出受傷的表情，摀著心口，長嘆了聲，悵然地回到自己的床區。

呼呼，危機解除！抱歉啦，克斯特夫人！

雖然連續兩起詭異的攻擊事件令人不安，但一週過去，沒有類似的情況發生。校園回復到以往的風平浪靜，有關死靈的話題漸漸淡去。

福星也鬆了口氣。看來只是偶發事件，與他們夜遊的事無關。

「果然只是巧合。」趁著小組討論的時間，福星開心地與同組的翡翠報告這個現象，「大家似乎不太在意死靈的事了呢。」

這堂課是人類社會禮俗交誼，簡稱人類社會，主要是教導特殊生命體了解人類社會的習俗與規範，並能融入其中而不被察覺。本次授課單元的重點是察言觀色，藉由表情、語氣、肢體動作等外顯特徵，來推斷對方的情緒，並作出適當的對話。

「哼……」此刻，翡翠的臉上完美地展現出「不爽」的情緒。但，並非是為了配合課程練習，而是全然發自內心。

「噢！多麼完美的表情。」芮秋笑呵呵地調侃，「蹙起的眉頭，下垂的嘴角，以及游移不定的眼神。雙手環胸，透露出防禦意識，以及不耐煩的情緒。」她看著教科書，一條一條唸出典型的徵兆，「這代表什麼呢？」

「喔喔！我知道！」洛柯羅盯著筆記，搶答，「這代表著對方正為某事苦惱、憂鬱，甚至壓抑著憤怒。大多是感情困擾或經濟方面的問題，比方說情侶的某一方有意另起爐灶，或者是小孩血型異常、公司周轉不靈、國稅局找上門之類的。」

芮秋拍了拍手，「正確。」

翡翠望向兩人，重重地哼了聲。

「翡翠，你似乎不太高興？怎麼了嗎？」福星見翡翠無心打鬧，便出聲關切。

「商品滯銷，你要我開心？」翡翠音調上揚，接著掏出口袋中的 iPhone，伸向福星面前晃了晃，「我看準這次商機，才訂購了一批原料要來加工呢！」

「噢，聽起來很糟。」

芮秋無視翡翠的不悅，逕自插入話題：「我聽說你們懷疑夜遊引來了克斯特夫人的惡靈？」

「是啊。」

她輕笑了一陣，「不可能是克斯特夫人。」

「為什麼？」

「那麼，為什麼是她呢？我們在路途中不也在其他遺址裡逗留？」芮秋反問，「況且，若是克斯特夫人的話，可不會只發生這點小事。」

這樣說也是有道理啦，但是……「但是有人受傷了。這應該不是一般的攻擊事件。」

「雖然受了點傷，至少還活著，不是嗎？」芮秋以帶著點自嘲的語調開口，「除非麗・克斯特在死後轉性變仁慈，否則這麼小兒科的把戲，絕不會是她做的。」

這樣還叫仁慈啊……

福星突然發現，雖然理昂和芮秋都認為，校內發生的事件和克斯特夫人無關。但，芮秋是從理性的推論相信這事「不可能」發生，而理昂的態度卻不太相同。

感覺上，不是從某些條件判斷出不可能，而是一種更加確切的認定……

難道理昂知道些什麼嗎？

派利斯教授的身影逐漸靠近，眾人立即終止閒談，心照不宣地直接切換入課程討論模式。

翡翠將筆抵在下巴，盯著筆記，沉吟了一會兒，精練地開口，「賀福星同學，如果我的推測沒錯的話，你目前所展示的是『困惑』這個情緒。」

原本一手支頭、皺著眉的福星，露出了讚賞的神色，「是的翡翠同學，正是如此！」

「肢體語言以及眼部肌肉收縮狀況是判斷重點。」芮秋記了些關鍵字，作出註解，「通常做出這些表徵的人，渴望著對方關切，期待有人詢問他『發生什麼事』。」

「說得沒錯，芮秋同學。」派利斯教授讚許地點著頭，行經福星等人身旁，「太完美了！十分優秀！加分亦不足表示我對你們的讚賞！」

眾人回首，彷彿此刻才發現教授在身後一般，先是訝異，然後露出受寵若驚的笑容。

「謝謝教授。」

看來，對這群裝模作樣的行家而言，這門課躺著都會過！

接下來的兩、三天，一樣風平浪靜，校內儼然回復了原本的安定，平穩地運作著。

雖然心裡的不安減去了不少，但是課業以及寶瓶座實習儲備員的工作，也給福星帶來了不小的壓力——

繼上一回的集合之後，寶瓶座就沒有任何消息。然而兩天前，當福星差不多要忘了自己擔任著這份職務時，一紙來自寶瓶座的通知，送到了他的宿舍。

他拖著疲累的步伐回到房間，便看見那封宛如諭令一般、烙著紅色封蠟的信，正躺在他的書桌上。

隨意地拆開信封後，瀏覽了一遍，信裡交代了些注意事項和下次開會時間，以及一個令福星皺眉的消息——

第二次開會，所有實習儲備員皆須擬出一份計畫書，針對校園發展以及永續經營等議題提出具體建議。

「搞什麼啊！」

擾民！真是擾民！幹嘛搞這些東西啊？有任何意義和實踐性嗎？真是一群自我感覺良好的精英分子！

福星正埋怨時，不知道哪間寢室傳來一陣歡呼聲，興奮之情穿透牆板，傳遍了走廊。

發生什麼事？福星好奇地開門，探出頭。只見兩、三名精靈正有說有笑地走向長廊底端的樓梯，言談之間洋溢著得意及自滿。

福星認出他們是寶瓶座實習儲備員，其中一人的手上，正拿著一封米白色的信箋，和福星桌上那張一樣的信箋。那神采飛揚到有點欠揍的表情，有如將被臨幸的寵妃。走廊上的其他學生，看著他們，紛紛投以崇拜而羨慕的眼神。

福星闔上門，回到桌前，拿起米白的信紙。

明明是件煩人的工作，值得這麼高興嗎？看來歌羅德說得沒錯，寶瓶座確實是人人都想擠進去的團體。相較之下，一C學生的冷漠態度，反而異常。

嘆了口氣，將紙箋隨意塞到抽屜裡。

雖然不在意，但是為了一C的面子，還是認真點吧。

次日，中級數學的下課鐘聲響起，福星立即衝向即將步出教室的以薩。

以薩的動作很快，似乎因為不喜歡在白晝下行動，所以一下課總是以極快的速度收完東西，直奔宿舍。

「以薩！等等！」福星站在門邊，因突來的小跑步而喘氣，「我想問一下有關於寶瓶座的事。」

「嗯……」

「有通知說要交一份計畫書，你完成了嗎？」

以薩搖搖頭。

「那我們一起做好嗎？」印象中，通知上寫的是每班的實習儲備員至少作出一份計畫書，而不是每個人交一份。

以薩遲疑了片刻，點點頭。

「那，晚上七點在宿舍西區的室內花園見面好嗎？那裡有燈光，而且比較安靜。」考慮到以薩似乎不喜歡人多的場合，福星特別選了較為僻靜的地點。

以薩立即點頭，似乎很滿意這個討論地點。

「晚上見！」福星揮揮手，「我會帶點心過去的！」

以薩再度點頭。一瞬間，福星好像看見那陰森的臉孔勾起微微的笑容。

這個人似乎沒那麼恐怖嘛……

入夜時分。夏洛姆最熱鬧的時刻。夜行性的族類開始活躍，而日行性的族類在結束一整天課程之後，帶著輕鬆而愉悅的心情往來於校內。這樣喧騰的氣氛，通常從傍晚持續到午夜。

金黃色的燈光從宮殿般的校舍透出，宛如綴點著寶石的巨大寶箱。深靛色的夜空，濃厚而稠密，似是中亞王室的絲絨帳棚。

西區的室內花園，是此時少數幾個安靜的場域之一。當福星拎著大包小包的雜物走入園內，遠遠地就看見以薩那高挺而陰暗的身影踞在花園的一角。

「抱歉！我去餐廳拿東西，所以遲了些。」福星看了看錶，指著七點零三分，嚴格來說，並不算遲到。「嗯，等很久了嗎？」

以薩搖頭。

「吃晚餐了嗎？」福星邊說邊將紙袋打開，裡頭裝滿了從餐廳打包來的甜點。「巧克力甜甜圈味道不錯，楓糖口味的比較清淡，你要哪個？」

自從和洛柯羅混熟之後，只要出門，他的手邊一定會帶著食物。

——你怎麼知道你什麼時候會肚子餓呢？

這是洛柯羅的名言。似乎在潛移默化間，他也接受了這個「道理」。老實說，隨時有東西可以嚼的感覺，還挺不錯的。

以薩停頓了幾秒，再度搖頭。

「你真客氣。」福星抓起了一個巧克力口味的甜甜圈，啣在嘴上，接著伸手進包裡翻找了一陣，掏出了一張皺巴巴的紙——那是寶瓶座的通知信，以及筆記本。「你有什麼想對學校建議的嗎？」

以薩搖頭，盯著桌面上那張爛爛的紙。

福星注意到以薩的目光，不好意思地笑了聲，「我把它塞在背包底層，就變成這樣了。」

他伸手壓上紙面，企圖把那皺爛得有如鹹菜乾的紙張撫平，但卻先把指頭上的巧克力醬給抹上。

「呃……」福星尷尬地看著信箋，「反正，這只是通知而已，應該不需要繳回檢查吧？」

以薩看著福星，忍不住嗤笑出聲。

「耶？你會笑嘛。」福星略微驚奇地望向以薩。

「抱歉。」以薩輕咳了聲，回復成平時的靜默內斂。

「幹嘛抱歉啊。這樣才好啊。」福星看著以薩，對於更加了解同伴而感到開心，「雖然外表看起來有點嚇人，但卻是個溫柔的好人呢！」

「不是的。」以薩低沉地否認，像是喃喃自語般地唸了幾聲，「並不好……非常危險……」

「你真有禮貌耶。」福星以為以薩只是在自謙，便自顧自地繼續開口，「好吧，別扯太遠，先把正事做完。嗯，我想想……你覺得在教室的每層樓都增設販賣部怎麼樣？」

以薩遲疑了片刻，「或許不太妥當。」

「嗯，說得也是，這樣翡翠就沒生意了。」他可不想因此得罪好友。「那，學費減免怎麼樣？」

「夏洛姆是免費入學，而且每個人都有獎金。」

「呃，對耶。」他忘了這不是人類的學校。

福星苦惱地搔了搔頭，毫無頭緒。對待過人類學校的他而言，夏洛姆簡直就像天堂一樣完美。他實在想不出來這樣的學校還有什麼要改進的地方。

「煩死了！」可惡，這種任務根本就是在刁難人嘛！

反正他也不在意寶瓶座的頭銜，乾脆徹底擺爛算了！

「不然建議校方男女合宿吧！為了實施兩性平權，推動生命教育，促進族群包容力等等等……列出冠冕堂皇的理由，然後連浴室也改成混浴！這樣夠豪邁吧！超大的改變呢！」

「千萬不可！」以薩激動地反對，雙手拍向桌面，幾乎要站起來。

「呃！」幹嘛這麼激動?!

意識到自己的失態，以薩趕緊坐回，「抱、抱歉。我只是覺得，這個建議，可能不太好……」

「說、說得也是，要是惹怒寶瓶座的話就慘了。」嚇死人！看來以薩的性格並非只是單純的內向，他還是小心謹慎點為是。「那你覺得學校有哪裡不好？哪個地方讓你不喜歡？」

以薩沉默了一會兒，緩緩開口，「日落森林。」他不自在地扭著手指，「聽說，裡面有很多不太好的景點……」

福星想起夜遊時的情況，以及前幾天發生的騷動，心有戚戚焉。

「是啊。那裡確實不太好。」停頓了幾秒，靈光一閃，「不然，我們建議重新勘查日落森林怎麼樣？與其任由學生對那兒繪聲繪影，不如直接弄清楚裡頭的結構，告知眾人有什麼樣的危險在裡頭，這樣既可以解決大家的好奇和恐懼，又可以避免有人進入危險區。歌羅德不是也說過，恐懼最大的來源是出於未知。」

以薩贊同地點頭，望著福星，揚起嘴角，「這個很好。」

「嘿嘿，還好啦。你這人不錯。」雖然有點怪，但至少確定是個好人！

兩人討論了一會兒，交換著意見，用官樣文字拼拼湊湊、刪刪改改地將計畫書一點一點完成。

福星撐著頭，看著以薩將那亂七八糟的草稿謄寫到夏洛姆公文專用的紙張上。優雅的線條隨著鋼筆尖的流動而躍出。以薩的字很漂亮，端正秀麗，和他粗獷的外型完全相反。相較之下，福星的字就和他的外表十分一致，雖然能寫得整齊，但卻像小孩子作業本上的字一樣，帶著點稚拙，不像「大人」的字。

「你的字很漂亮耶！有練過嗎？」

「以前常常抄書，抄寫《聖經》。」

「為什麼？」

以薩停頓了幾秒，「……為了安定心神，讓內心純淨。」

福星點了點頭，對這種話題不怎麼感興趣。他伸了個懶腰，恣意地靠在椅背上，身子向後仰，仰視著頭頂上方開著白色桐花的枝椏。

春天快到了呢……

像是在呼應福星的思緒一般，一朵粉白的花朵離開了枝頭，飄然落下。

福星伸手接住花朵，捏著短短的莖，賞玩了一會兒。接著，腦中閃過無聊的念頭。

「以薩，以薩，你看。」福星把在花插在耳邊，故作三八地掩嘴輕笑，「好看嗎！呵呵呵……」

以薩抬頭，瞬間愣愣，先是露出驚恐的表情，身子猛然往後退靠，手中的筆差點掉落。但過了一、兩秒，又好像發現什麼事一般，訝異地眨了眨眼，然後緩緩坐回原位，直直地盯著福星。

「怎、怎麼了？」他踩到對方的罩門了嗎？他知道有些人對偽娘十分反感，以薩該不會是這一路的吧……

以薩像是考古學家一般，仔細地打量福星，「你這樣子，看起來像女生……」

「抱歉喔，醜到讓你倒彈。」福星意識到自己的行為很蠢，伸手將花拿下。

羞恥心總是在說了令人難堪的笑話或是做了愚蠢的舉動之後才出現。

以薩搖了搖頭，「不是。」

他戰戰兢兢地伸出厚實的手掌，像是要摸恐怖箱一樣，輕輕地碰了福星的臉頰。手指觸碰到的瞬間，像是燙到一樣彈開，但停頓了一秒之後，再度移回臉旁，輕輕地摸著那呆滯的臉孔。

「呃，怎麼了？」

現在是怎樣?!他怎麼覺得這個氣氛有點不妙。

以薩揚起嘴角，「很可愛。」他伸出手，將桌上的花朵拾起，「很像，但不是……所以很好。」

「什麼很像？」

「那我呢？」

以薩沒有回答，靜默了片刻，緩緩開口：「女孩子像花一樣，很漂亮，但是很脆弱。」

所以，這傢伙是拐著彎在稱讚他囉?唉呀呀!真不好意思!

以薩停頓了一秒，笑著開口，「福星的話……是塑膠花。」

笑容僵在臉上，「什麼鬼啊！這是讚美嗎？」福星開玩笑地搥了以薩的手臂一記，「可惡，說我是塑膠花，你自己才是食人花咧！不，你是豬籠草啦！」

「怎麼可以這麼說呢……」以薩苦笑。

兩人笑鬧了一陣，邊吃著福星帶來的甜甜圈，邊將那枯燥的任務完成。

異能力概論與實作，彷彿是呼應前陣子的小騷動一般，這週的課程進入了死靈與詛咒防禦。

「任何生命皆有靈，靈魂是每個個體運作的動力來源，如同電器與電池一樣。當生命走到盡頭時，靈魂會從物質界的軀體脫離，前往超越現世的精神世界，與上位的神靈、幻獸等超靈體存在共棲。當靈魂對物質界仍有留戀，徘徊於世間，則會成為鬼，或稱為幽靈，這類靈體通常對物質界沒什麼影響力。」

負責教授理論部分的是歌羅德，似乎受到春天濕寒天候的影響，他的神情懶洋洋的，語調也十分平板，極具催眠效果。

「……若是靈體的屬性特殊，且長時間持續在某種強烈的情緒中直到死亡，例如愛、恨或是後悔，那麼這個靈體將會成為死靈。心念情感會讓靈體擁有具體力量，能夠直接干預物質界的事物。有時候是單純的物理性攻擊，例如靈騷現象；但更厲害的惡靈則可以使用精神力來攻擊人，也就是俗稱的詛咒。」

福星打了個呵欠，撐著頭，漫不經心地在課本上畫重點。

好無聊喔……為什麼要教這些東西呢？

「特殊生命體的靈魂與一般生物不同，比方說精怪類，融合了兩種生命形態，因此死後的靈魂形體也較特殊，所有的特殊生命體死後皆不會留在人間，因此，不可能會有特殊生命體的死靈。」

歌羅德有意無意地加重語氣，不著痕跡地暗示著前陣子的流言是子虛烏有。

得說明。

「為什麼？」一名學生舉手發問。

「不知道，問上帝吧。」歌羅德給了個很沒誠意的答案，不知道是真的不曉得，還是懶得說明。

「死靈具有超自然能力，有時甚至和特殊生命體的異能力不相上下，因此在戰場上，死靈是極為有力的武器之一。但是要操役死靈，本身的靈魂必須能與死靈產生共鳴。只有人類才能操控人的靈魂，特殊生命體通常沒這方面的能力。除了少部分精怪類，或是擁有巫覡身分的妖人能辦到。而強大的巫覡甚至可以與各界層的靈體交流往來。」

說到這裡，歌羅德自負地揚起笑容。「敝人我就是其中之一。」

喔，好強喔。福星再度打了個呵欠。但是他實在不了解這有什麼重要的。

沉悶的課程持續了五十分鐘，終於結束。

走在前往下一堂生物學教室的路途上，福星伸懶腰，舒緩著僵硬的肢體。「我怎麼覺得異能力的課越來越無聊了。」他覺得上學期講特殊生命體的部分比較吸引人。

「會嗎，我倒覺得頗有趣的。」一同修課的紅葉笑呵呵地說著。

雖然天候濕冷，但紅葉仍一如平常，只穿著制服襯衫和短裙，光裸著兩條長腿，踩著雙丹楓色的木屐，烏溜的長髮隨意地盤在腦後，以一支和風花樣的髮飾固定著。

瀟灑與妖豔融為一體，擁有與珠月不同的親切感。

「既然用不到，為什麼要學這個啊？」

妙春從紅葉身邊探出頭，「因為白三角總是用這個對付我們。」

「啥?!」這個答案令福星感到訝異，「我以為他們是討厭超自然現象的一群人……」

「是這樣沒錯。對他們而言，死靈和詛咒只是道具，這東西比任何攻擊更能讓我們沒轍。我本來也沒什麼興趣的，但是日本這邊也漸漸被白三角的勢力滲透，所以不懂不行呢。」紅葉無奈地苦笑，「在以前，狐妖可是被當成神明一樣尊敬呢。」

「對呀對呀。」妙春笑嘻嘻地向福星炫耀，「但是紅葉這麼漂亮，就算大家不知道是狐妖，也會乖乖獻上祭品喔！有好多亮晶晶的珠寶，還有好大的車子喔！」

「那個不算啦。」紅葉不好意思地搔了搔頭。

福星乾笑了兩聲。他很好奇到底是哪些「信徒」，出手這麼大方。

「特殊生命體真的不會變成死靈嗎？連幽靈也沒有？」

「通常是這樣，但也不是絕對。總之機率很低。」

這麼說的話……不知為何，一股不安襲上福星的心頭。

「那，之前死靈作祟的事，會不會和白三角有關？」

「不可能啦。」紅葉用力地搖了搖手，理所當然地說，「學校防禦這麼嚴謹，不可能有人潛入而不自覺。況且，夏洛姆裡根本沒有死靈嘛！」

「是喔……」

不只理昂、芮秋，剛才歌羅德也直接否定了夏洛姆鬧鬼的可能性。不管從哪個角度看，似乎都證明了他在庸人自擾。

但，令他感到困惑的是，為什麼紅葉的態度會這麼篤定？

紅葉轉了轉媚眼，和妙春相視一笑，兩個人笑咪咪地進入教室，像以往一樣，坐到最角落，然後自顧自地低聲聊起天來。

Chapter05

恐懼是游泳池裡的尿，迅速擴散，

看不見卻讓人不安

週四傍晚，寶瓶座再度集會。

福星和以薩在繳交期限的最後一天，將完成好的計畫書投遞到寶瓶座專屬的收發中心。位於主堡一樓轉角處，利用樓梯下方空間改造成的小型收發中心，有個營業窗口，由一位年資看起來相當老的布朗尼負責處理業務。

福星將那份由三張A4紙釘成的計畫書交給布朗尼時，那位老妖精還不屑地嗤笑了聲，讓福星相當不爽。

「不曉得他們覺得我們的計畫書怎麼樣……」坐在會議桌旁，福星悄聲地對身旁的以薩低語，「你覺得呢？那樣的建議會不會太過草率啊？或許我們應該要寫些更有意義、更有──嗯，總之感覺更像那麼一回事的東西吧。」

相較福星的焦慮，以薩相當沉靜，「至少我們有交，這樣就夠了。」

老兄，你真性格！

片刻，希蘭走入室中，身後跟著兩名胸口別有寶瓶座徽章的學生。兩名學生各捧了一疊厚厚的文件，走向會議桌，重重放下。

「又見面了，各位。」希蘭微笑著坐入主席位，「臨時出了個任務，希望沒有造成各位的負擔。」

既然如此就不要出啊！搞什麼嘛！福星暗自嘀咕。

希蘭隨手抽了本文件，翻了翻，「交來的計畫書都做得不錯，可以感覺到大家的用心。」

什麼！那是計畫書？那厚度幾乎和午餐附的波士頓派差不多吧！

「大部分都是自己獨立完成，證明了每個人的實力都相當傑出……」希蘭繼續說著，目光移向了坐在最角落的福星和以薩。

福星尷尬地低下頭，直覺以為接下來會聽見責備和數落。

「不過，寶瓶座是一個團體，除了個人能力，互助合作的精神也是相當重要的，二人所能做的絕對超過一人。此外，建議和計畫設計得再好，如果忽略現實面而無法執行的話，那就失去了意義。」

福星抬起頭，詫異地望著希蘭。

希蘭對福星投以微笑，「因此，總括來看，一C的兩位是唯一符合上述要求的。建議重新勘查校地，包括未確認的日落森林部分，並且製作新地圖，這個構想很好，具有實際意義，而且可行度也很高。」

在座的人紛紛回頭，目光集中到桌席最末端的兩人。

福星不好意思地傻笑。受到稱讚雖然高興，但是在一堆精英面前特別被點出來表揚，感覺很不自在。

以薩則是像平常一樣，靜默著不吭聲，讓人不知道他在想什麼。

希蘭又點了幾份計畫書，一一指出優點，然後在翻到某一份特別厚的文件檔案時，頓了頓。

「嗯呃，這邊有一份計畫，非常……有創意，而且圖文並茂……十分……嗯，用心。」希蘭掛著微笑，從容地說著，但是僵硬的語調透露出些許的尷尬，「這些照片，很……難取得，這裡可以看出製作者的能力。而建議的實踐性也很高，但是因為太過前衛，所以……嗯，總之，繼續加油，一B的小花同學。」

希蘭對著小花笑了笑，然後快速轉入下一個主題，開始介紹寶瓶座的運作，以及實習儲備員接下來要做的事。

福星好奇地轉頭，向坐在一旁的小花低聲詢問。

「妳寫了什麼建議啊？」

小花不以為然地聳聳肩，「男女合宿合浴。」

靠！太猛了吧！

「這點子我也有想過耶！」可惜沒膽寫。

小花鄙視地瞪了福星一眼，「變態。」

「妳自己還不是一樣！」只許州官放火，不許百姓點燈啊！「那照片呢？」

「只是利用既有照片合成的完工後假想圖罷了。」

福星本想追問，但是隔壁的人朝他們噓了一聲，只好乖乖閉嘴。

漫長的會議持續了快兩個小時才結束。希蘭的報告很精簡，大部分時間是浪費在實習儲備員為了表現自己而不斷發言。

此外，希蘭對福星兩人的稱讚，為他們帶來了掌聲，以及敵意。特別是自詡為精英班一E的兩名女精靈，整場會議始終對福星等人擺著臭臉。

雖然美女擺臭臉依然很美，但是也非常機車。

然後，如同老派的少女校園漫畫一般，得寵的主角，總是會在下課後被嫉妒心強的壞女生堵人。

在前往一般教學大樓的走道轉彎處，兩道修長而窈窕的身影擋在福星和以薩面前。

福星還來不及反應，帶著妒意的嬌斥便劈面而來。

「別太囂張。」植系精靈緹絲忒，雙手環胸，淺紫色的眼眸充滿鄙視。「不過是普通的精怪和闇血族，憑什麼進入寶瓶座？」

「等級太差吧。一C是想鬧笑話嗎？」同夥的植系精靈茉莉，在一旁幫腔。

福星呆呆地回應，「呃，因為班上沒人想來。」

兩個精靈以為福星是在諷刺，怒瞪他一眼，「你少得意！」

「矮子！夏洛姆沒有附設幼稚園吧？」

「喂！」人身攻擊犯規啦！

「還有你！」緹絲忒將矛頭指向沉默的以薩，「什麼天氣還穿風衣，你是暴露狂嗎?!」

以薩靜靜地望著對方，不發一語。這樣的態度反而讓緹絲忒更加火大。

「幹嘛不說話啊！」

「干妳什麼事啊！」了解狀況後，福星立即反擊，「難道妳想要確認風衣底下有沒有穿?好色喔。」

緹絲忒的臉立即染上尷尬的緋紅，「閉嘴，矮子！」

「妳才要閉嘴吧！都已經這麼大了還搞排擠人這一套，嫉妒心這麼強，真要不得！」福星嘖了嘖聲，搖搖頭，「在電視劇裡，這種事都是壞三八在做的，妳這樣會沒人喜歡喔！」

「干你屁事！」緹絲忒的臉因惱怒而更加漲紅，怒氣一時無法發作的她，扭頭將砲火轉到安靜的以薩身上。

緹絲忒踩著細根鞋，哆哆哆地用力踱向以薩，直視著對方的眼睛，挑釁意味十足。

「高傲的闇血族怎麼窩囊到連話都不敢講？」

以薩依舊不語，眼睛睜大，直直地望著對方，嘴巴緊抿成一條線。

「有什麼不滿就說啊！」緹絲忒伸出纖長的手指，用力地戳了以薩的肩膀一記。

「啪。」

纖細的玉腕被蒼白而厚實的手腕抓住，固定在空中。

緹絲忒嚇了一跳，但仍故作鎮定，不甘示弱地回瞪著以薩。

「你、你想怎樣！」茉莉在一旁斥喝，聲音裡帶著明顯的焦慮。

以薩低沉的聲音從喉間幽幽震出，彷彿來自冥界的低語，「……不要碰我。」

「放開！」緹絲忒用力地將手甩開，「你這個怪物！」

「喂！是妳們先來找麻煩的吧！」福星站到以薩身旁，擋在兩人之間。

老實說，以薩突如其來的舉動也嚇了他一跳，他甚至擔心這高大的闇血族會做出什麼恐怖的報復。

以薩頓了一頓，漠然地看了緹絲忒一眼，然後頭也不回地走了。

福星愣了愣，將緹絲忒的咒罵聲拋在腦後，趕緊跟上以薩的腳步。

硬漢！帥爆了，以薩！

「我們被希蘭稱讚了。他人不錯呢。」福星得意地向悠猊炫耀，「只有我們喔！」

忙碌了數日，好不容易抽出空，來到他的祕密花園和悠猊聊天。

下午時分，天空飄著雨，原本是打算窩在房裡休息的，但不知為何，心裡一直有種怪怪的感覺，催促著自己前往花園。

掙扎了一番之後，不甘願地拿著傘，離開房間。才走到矮丘旁，就看見悠猊一如以往地坐在樹下，悠閒地看著書。說也奇怪，不知不覺間雨也停了。

這就是所謂的第六感吧？

悠猊讚許地點點頭，「希蘭啊，山嵐系的風精靈，上五族的貴族之一。」資質和個性都很傑出，腐敗貴族裡罕有的珍珠。「能得到他的讚賞，不容易呢。」

福星嘿嘿地笑著。

「那麼，最近還發生了什麼怪事嗎？」

「沒有。」福星想了想，「之前那兩起事件應該只是巧合。」

「這樣呀。」悠猊若有似無地揚起嘴角，「不過，還是小心為妙喔。」

「我才不怕咧。」

從理昂到歌羅德，每個人都否定了死靈作祟的可能性，理由也相當充分，他也接受了這樣的說法。

況且，如果真的是克斯特夫人在作祟，那麼她要找的應該是處女，所以——再怎麼樣都輪不到他的！

「福星真勇敢。」

「不過，我倒是希望幽靈去找E班那兩個臭三八，整她們一頓。」一想到前幾天的場景，福星就一肚子火。

「精靈的話嘛……」悠猊撫了撫下巴，淺笑著低語，「可能比較困難。」

「什麼？」

「沒什麼。」悠猊笑了笑，「自己保重。」

事件還沒結束呢。

短暫的寧靜，是災難的前奏曲。

他等不及看後續發展了……

福星，一起看吧。

特殊生命體上古史是這學期新加入的必修課之一。比較特別的是，這門課是由各班導師負責教學，不像其他必修課，數個班一起在共同教室上課。

週二晚上八點，晚餐過後，一C的學生聚集到專屬的班教室裡。

福星喜歡這個空間，雖然名為教室，但感覺更像是布置華美的交誼廳。有沙發、長椅，落地窗處有階梯式的木頭平臺，不管坐在哪裡，都非常舒適愜意。

福星和洛柯羅等人選擇了窗邊平臺的位置，並從沙發處拿了兩個小枕頭，墊在背後。

窗外是濃醇的夜色，室內充斥著暖洋洋的空氣，以及朋友們的低語聲，舒服得幾乎令人陶醉。

好想就這樣一直停留在這裡……

歌羅德進入教室後，課程便開始。前兩堂課是概述特殊生命體的幾大支系分派以及最初發源地。現在則進入了更古遠的傳說年代。

「……雖然特殊生命體的族類差異很大，但是就如同人類一樣，我們也有一個最初的始祖。」

歌羅德悠哉地坐在他專屬的大椅上，像說故事的老祖母一般侃侃而談。

「最初之人是亞當和夏娃。事實上，他們兩人是所有有智物種的始祖。有智物種是指有思辨等心智能力的生物，只有人類與特殊生命體符合這項特徵。亞當和夏娃被逐出伊甸園之後，誕下該隱和亞伯，這兩人是第一對由人所生的人。在這時尚未有特殊生命體的記載，直到該隱之後的第二代，相關的紀錄才漸漸出現。」

福星邊抄著筆記，心裡一邊困惑，忍不住舉手發問，「這些歷史是記錄在哪裡啊？」

「《虛無之書》裡。屬於特殊生命體的聖經，傳說中的異種聖書。」歌羅德笑了笑，「可惜已經佚失了，只剩殘頁和一些口耳相傳的片面資料，無法得知這本書的全貌。」

「所以，特殊生命體比人類晚產生嗎？」

「當然不是。」歌羅德嚴聲反駁，「你沒注意聽嗎？亞當和夏娃是特殊生命體和人類的共同初祖，這點在《虛無之書》裡有記載，也被流傳下來。」

「那，之後呢？」

「中間最重要的章節，描述特殊生命體創生的部分很早就失傳了，不知是什麼原因，這一段經文最早被消匿，無從查起。」歌羅德翻了翻教科書，「好了，如果沒有問題的話，那我們看到第三十二頁，美索不達米亞這邊……」

事實上，福星肚子裡還有一堆疑問。

這些記載可以算是歷史嗎？感覺比較像傳說呢……況且，照這說法的話，特殊生命體不是和人類擁有共同祖先嗎？為什麼會彼此仇視，甚至有白三角這樣的團體出現……

福星低著頭思索了一陣，不得其解，最後宣告放棄。

算了。反正人類的歷史本就真假相摻，踩到腳印就懷孕這類離奇說法還不是被記載在史書裡。況且，即使是人類，不同種族的人依舊彼此殘殺。

但是，這樣想想，特殊生命體似乎總是處於被迫害的一方。數千年來，不僅必須隱藏自己的存在，活在人類文明的陰影裡，甚至只因族類特異就成為屠殺對象……

悄悄地，心底浮起一絲對人類的厭惡。

……這種生物應該消失才是……

「福星，你還好嗎？」

珠月的柔聲詢問，打斷了福星的思緒。

「呃？嗯？我很好啊？」盤旋在心中、甫將匯聚的黑暗，瞬間被打散。

珠月微笑，「那就好。因為我看你的表情有點恐怖，以為你發生什麼事了。」

「真的嗎？」福星摸了摸臉。

「現在沒有了。」珠月拍了拍福星的肩，「如果不舒服的話要說呀，別太勉強自己。」

「我知道，謝謝。」福星回以感謝的笑容。

看著珠月溫柔的笑容，心裡彷彿被陽光照耀一樣。

不過，珠月，還是把手放下吧。布拉德那殺人般的眼神已經快把他射穿了。

最後一堂課結束，已經是十點多。眾人紛紛回到宿舍，將一日的疲累卸下。

珠月回到寢室時，同房的室友妖精丹妮兒還未歸來。

拿著盥洗用具走入浴室。每間寢室的浴室裡都附有浴缸，大小只比一個人的寬度再多一些。珠月將浴缸裡放滿了水，沖洗完畢之後，進入池中。

「呼！」全身浸在溫水中，毛孔頓開，令人忍不住發出滿足的聲音。

雖然不像澡堂的浴池那麼大，但偶爾在寢室裡泡泡澡，享受一個人的寧靜也不錯。

纖長的腿輕輕擺動，拍打著水面，濺起水花，發出清脆的水聲。舒適的水溫，讓人忘了時間，沉醉在其中。

時間一點一滴流逝，水溫也逐漸下降。

浸在冰涼的水中，珠月覺得自己彷彿回到故鄉。靜謐籠罩，只有水波輕拍瓷磚發出的聲響。她閉上眼，享受著這一刻。

「喀咚。」異常的聲響將珠月神遊的意識拉回現實。

她抬起頭，睜開眼，蒸騰的水氣將視線糊染成一片。矇矓間，隱約見到一個黑影閃向淋浴間的死角裡。

「丹妮兒嗎？」一股異樣的暈眩，像是布袋一樣，從頭頂罩下。

似乎是泡太久了？珠月雙手扶著浴缸邊緣，正要起身時，赫然發現自己竟無法站起。

回過頭，只見水波底下的，不是修長的雙腿，而是覆滿青藍魚鱗的蛟尾。

「這是——」

「啪。」燈光同時滅去。

「嘩啦……」

寢室裡，雪白的門板後，透出一陣不安穩的水聲。

片刻，歸於寧靜。

次日早晨，下著雨。彷彿呼應著陰鬱的天氣，學生間也籠上了一股詭異的氣氛。不安的低語聲、焦慮的神情，在每個學生的臉上呈現。

今天早上十點才有課，福星八點起床，正要去學生餐廳享用早餐時，就被布拉德在走廊上給拉住。

「珠月出事了！」布拉德神色嚴肅地開口，眼底充滿了擔心與憂慮。

福星詫異，「怎麼了?!」昨天不是還好好的嗎？

「她的室友昨晚回寢時，發現她昏倒在浴池裡，而且……」布拉德咬牙，停頓了一秒，「半妖化了。下半身已變回蛟龍的模樣。」

「怎麼會這樣?!」

這消息讓福星感到驚慌失措。

是生病了嗎？還是被攻擊?!難道這是死靈事件的延續？但是、但是，不是已經確定不可能有死靈了?!怎麼會——

「啪！」厚實的大掌重重地拍了福星的腦袋一記，打得他頭昏眼花。

「你別慌張啊！」布拉德大吼，接著抓住福星的肩，用力搖動，「冷靜一點吧！這個時候千萬不可以慌亂！」

福星被搖得骨頭都快散了。

是誰在慌亂啊！該冷靜的是你吧！

布拉德的舉動讓福星回復理智，趕緊開口，「她在哪裡？」

要是不說些什麼建議，他會被這隻大狗整死！

布拉德鬆開手，「珠月在醫療大樓的特別醫療室，因為她現在的狀況無法躺在病床上。要見面的話必須有教授同意。」

「這樣啊……」

「去啊福星！快去申請！」

當他是小叮噹啊！

「在調查清楚前，教授們應該不會讓學生干涉太多，所以——」

「珠月是你的朋友吧！」布拉德打斷福星的猶豫，凶狠卻誠懇地開口，「你當初怎麼帶珠月來見我，現在就怎麼帶我去見珠月！」

福星頓了頓，如夢初醒。「我知道了。」

被罵就被罵吧！珠月是他的朋友，是這個學園裡對他最溫柔、最好的人。

他想見珠月一面！就算要他下跪舔寒川的腳，他也願意！

班上的學生出事，歌羅德忙得焦頭爛額。一方面要調查起因，向上層交代，另一方面得安撫學生。

福星和布拉德兩人找遍了教師宿舍、辦公室、教學大樓，都沒看見歌羅德的身影。最後以甜點賄賂了布朗尼，才打聽出歌羅德的確切位置，就在醫療中心。

兩人趕到時，歌羅德正與醫療長依帝斯從裡側的辦公室走出。

歌羅德看見兩人，皺起了眉，「來看珠月，是吧。」

「對，」福星趕緊補充，「但是要經過教授同意，所以我們來找你。」

「越來越會說話了嘛。」歌羅德淺笑，接著沒好氣地開口，「她在三樓的特別醫療室，狀況已經控制住了，但仍然有點虛弱。」

「查出病因了嗎？」

依帝斯搖搖頭，「她的一切生理系統都正常，只是體力驟減，這可能是由於半妖化所造成。但為什麼會突然半妖化，還在調查中。」

福星和布拉德對看了一眼。

「訪客時間限制二十分鐘，自己注意時間。」歌羅德簡單地叮嚀幾句之後，就與依帝斯一同離去。

特別醫療室位在醫療中心最裡側。專門處理原因不明的異常病痛，或是有重大疾病、傷口的病患。進入特別醫療室前，必須經過重重的檢驗，通過由藥物和咒語製成的保護網，進行消毒和防禦。

珠月所屬的病房是長廊底端第二間，門扉打開，只見一座巨大的水族箱放置在其中。長方形的水族箱，高度約三公尺，長寬和一張雙人床一樣。

珠月趴在水底，雪白的罩衫下襬伸出一條長長的尾巴，蜷伏在身後。

聽到有人進門的聲音，珠月睜開眼。

福星立即衝向水族箱，雙手貼著玻璃，擔心地望著珠月，「妳還好嗎？」

珠月點點頭，揚起微笑，但笑容十分虛弱。

「發生什麼事了？」

珠月搖頭，表示一無所知，但臉上同時浮現一絲恐懼。

福星出聲安撫，「妳多休息！不用擔心的，校醫很厲害，上次我被布拉德打到差點死掉都能醫好了——哎呦！」

布拉德偷偷踩了福星一腳。

「呃嗯，總之，放心吧，一定很快就能好起來的。」

珠月的目光移向布拉德，充滿好奇，似乎對於這位訪客的出現感到不解。

「布拉德也是來探望妳的喔！他超關心妳的呢！」

「嗯。」布拉德一臉酷樣，冷靜地點了點頭。

從進門到現在，沒開口說半句話。但是福星知道，這傢伙比任何人都關心珠月。

不知是愛面子，還是單純地害羞。

珠月笑了笑。

「布拉德，快說話啊！」福星催促，有意讓布拉德表現。

布拉德不太肯定地看了福星一眼，似乎有點猶豫。

「不然你來做什麼？」別再扭扭捏捏，拿出點打人時的魄力吧！「告訴珠月你有多關心她吧！」

布拉德遲疑了一會兒，緩緩開口，「我……」聲音漸弱，沒有下文。

福星在一旁露出鼓勵的微笑。

布拉德鼓起勇氣，嚴肅而認真地宣誓，「我會幫妳報仇的！」

福星差點跌倒。

這什麼爛臺詞！人又還沒死！

珠月微愕，但仍揚起溫柔的笑容。

謝謝。雖聽不見聲音，但從唇形可以猜出珠月所說的話。

真是個好女孩呀……

「還有什麼要——呃？」福星轉過頭，驚訝地發現布拉德整張臉漲成誇張的紅色，「你——」

「會客時間似乎已經到了。」布拉德僵硬地開口，對著珠月點了個頭，「告辭。」語畢，抓起福星的手腕，逃命似地迅速衝出房間，力道之大，讓福星的肩膀差點脫臼。

他得盡早停止當這純情狼人的愛情顧問，否則照這情況來看，他不死也會變成殘廢。

珠月遇襲的事件在學園裡再度掀起騷動。此外，隔日開始，受害者的數量劇增，而且不分男女。

彷彿序幕被揭開一般，正戲，開始上演。

第一日，三年級的蝶精在下午的課堂上暈倒，全身抽搐、嘔吐不止。

第二日，一年級的犬妖，早晨時被人發現躺在床上全身紅腫。腫脹的皮膚，彷彿被燙傷一樣，帶了點潰爛。

第三日，二年級的山精洗完澡正要入眠時，全身發起一顆顆水泡，輕輕一碰就破，流出淡黃色的液體。

第四日，二年級的兔精，夜歸時感覺有人拍了她的背，回過頭什麼也沒有。下一刻，視線被異物給遮蔽。她伸手揉了揉眼，雪白的掌心被染成殷紅。血液，自雙眼滴流而下。

第五日，三年級的半人馬在晚餐時口吐鮮血，接著烏亮的毛髮大把大把地掉落。

第六日，雁精被困在教學大樓裡，像是著了魔一樣，怎樣都找不到出口。最終，妖化成原形從窗口躍下，但因精神不濟摔傷了腿。

第七日……

一樁樁離奇怪異的事件接連而起，幾乎每一班都有受害者。教職人員和醫療中心陷入空前的忙碌狀態，既要調查起因，還必須安撫其他學生。每個人都極力讓校園維持在穩定狀態。

校方加強了防禦和偵查系統，但是沒測到任何人，也沒捕捉到任何嫌犯，反而是讓一名翻牆到女宿幽會的狼族，被防盜網烙得像香烤牛排一樣。

雖然校內氣氛變得惶惶不安，但至少珠月的健康好轉，一週之後就回到班上上課。

在這恐懼的洪流中，也是有人如魚得水。

翡翠的避邪商品大賣，生意好到寢室裡每晚都有訪客。更莫名其妙的是，賣到後來，他甚至還扮演起靈學大師的角色。

普通校舍的前庭花園邊，聚集了一小群人，人數雖不多，但在川流不息的大庭中，卻十分顯眼。翡翠坐在花圃邊的矮臺上，面前放了張矮桌，桌上鋪著白巾，桌面上放著顆大大的水晶球，看起來派頭十足。

「妳的氣場很弱……」翡翠盯著水晶球，微蹙著眉，沉吟一陣，悠悠開口。

「真的嗎?!大師！」坐在矮桌對面的蝶妖，驚慌地抓住身旁好友的手。

「但是，不用緊張，只要買這個除煞三寶組合包，就能化解。」翡翠老神在在地從桌底拿出一個塞得鼓鼓的牛皮紙袋，遞給對方。

蝶妖誠惶誠恐地接下，正要開口道謝時，翡翠伸手止住了對方的話語，望向天，以一種超然而看透塵世的高人口吻低語。

「不過，妳要了解，工具只是輔助，最重要的是妳的心，妳的意志。」翡翠望向蝶妖，深切地開口，「好好靈修，淨化自己的氣場，鍛鍊自己的能力，日後不管遇到什麼樣的危機，都能靠自己的力量破除！」

蝶妖如聞箴言，點頭如搗蒜，「謝謝大師！」邊說，邊拿出錢包，一抽就是三張，恭敬地交給翡翠。

其他人立即湧上，搶著和「大師」談話，購買保命符。

人潮散去後，翡翠開心地點著鈔票，開心地收攤。

「你這些亂七八糟的話是從哪學來的？」福星一邊幫忙收拾，一邊詢問。

「電視啊，還有 YouTube。我還考慮要不要自編一套收妖舞呢。」

「你別亂搞一些有的沒的！」福星趕緊阻止翡翠的突發奇想。

返回宿舍的路上，遠遠就看見布拉德迎面而來。

福星不等布拉德開口，就主動發問，「你要去看珠月嗎？」唉，這傢伙主動找他還會有什麼事。

「不是！」

在他人面前直接被點出，布拉德有點不好意思地看了翡翠和洛柯羅一眼，但這兩人只對吃和錢有興趣，方才的話並未引起他們的好奇。

布拉德稍微放心，便繼續開口，「這週六一起出去吧，到學園外逛逛。」

「啊？這個時候？」福星猶豫了片刻，「現在學校裡這麼混亂，感覺不太適合外出。」

「就是現在才適合外出！」布拉德敲了福星的頭一記，「現在外頭還比裡頭安全。」

「嗯嗯沒錯！」翡翠跟著開口，「算我一份，我也要出去買些東西。」

「我也要去！」洛柯羅舉手。

「這樣喔。」看眾人似乎心意已決，福星只好從眾，「那，要去哪？茵特拉根鎮嗎？」

翡翠露出鄙夷的表情，「那麼無聊的小鎮，只有觀光客待得下去。」

「那？」

「去斯圖嘉，德國第六大城市。保時捷和賓士的故鄉。」布拉德簡要地說明，「只要有四個人以上申請，就可以使用學校的空間轉移室。斯圖嘉臨近黑森林，那裡設有連結點。」

「聽起來不錯。」他有點心動了！「不過，布拉德，為什麼突然想外出啊？」

布拉德頓了頓，「只是想買些東西……」

福星察覺到異常，便奸笑著靠過去，「幫珠月買喔？」

回應他的，是肚子上被暗暗搥了一記。

SHALOM ACADEMY

Chapter06

購物是舒解壓力的最佳良藥

SHALOM ACADEMY

週六晚上八點，主堡廳前花園。聚集了七人。

「人數似乎比預計多了些。」布拉德看著不速之客，有一絲不耐煩。

畢竟，加入的三人中，有兩個是和狼族不太對盤的闇血族。雖然在學園裡，族群間的衝突沒那麼明顯，但私底下某些族類還是不相往來的。

「不行嗎？」芮秋笑著反問。黑色高領毛衣，將那雪白的肌膚和火紅的頭髮襯得更加搶眼。「我正想去藥妝店買些東西。不介意同行吧？」

「隨妳。」布拉德望向另一個不速之客，略帶嘲諷地開口，「夏格維斯，我以為你比較喜歡和自己獨處。」

「剛好有事要處理。」理昂無視布拉德的調侃，漠然地回應。

自從上回被歌羅德點名之後，為了掩人耳目，理昂安分地待在學園裡好一陣子。一聽見有外出的機會，便立即答應同行。

「我只是單純地不想待在學園裡。」小花自動解釋。從集合到現在，目光一直盯在布拉德身上。

布拉德皺了皺眉，沒好氣地哼了聲，「算了。走吧。」

空間轉換的地點是在禁忌之塔裡。地下室第三層，整個空間打通，大理石地面上布滿了符紋，像蜘蛛網一樣交錯在上下四方的牆面上，地面的正中央處，有個長方粗柱，仔細一看，那是個小小的隔間。

布拉德將申請書交給管理者之後，管理者在每個人的手上點了一滴水。冰涼涼的水珠在碰到肌膚時泛起紅色螢光，顯起一個和校徽相似的符紋，接著瞬間消失。

一行人走入樓層中央的木製隔間裡，裡頭靠著牆嵌了三道矮椅，可坐八人左右。

門板關上後，隔間裡靜悄悄的，大概三十秒後，門板再度打開。

開門的是一位中年男子，打扮得頗有鄉村氣息，同時，外頭的景色也變得不同。原本是寬敞的純白色地下室，此刻已經變成類似倉庫的擁擠房間。

「到了喔？」福星第一次嘗試這種功能，新奇不已。

「對啦鄉巴佬。」小花沒好氣地看了福星一眼，「但這裡還不是目的地，轉移點通常不會直接設在都會區，我們得坐車到市中心去。」

「原來如此。」

一行人抵達的連結點位於黑森林，外觀偽裝成一座民宿小木屋，裡頭沒有任何客人。看守者是化成中年男子的矮妖，開著小客車將一行人送往市中心。

這是福星第一次出校，雖然開心，也充滿了困擾。

「等會兒先去國王街，那兒有不錯的餐廳。」芮秋笑著建議。

「要是九月來的話，就可以參加德國第二大的啤酒節呢！」布拉德期待地說著。

「有空的話可以順路到宮廷廣場走走。」翡翠拍了拍他的背包，「那裡遊客很多，或許我可以藉機清掉一些商品。」

「非法設攤是會被開罰單的。」小花冷冷地吐嘈。

眾人你一言我一語，愉快地閒聊，對這次的外出十分興奮。只有一人，完全插不上話。

「呃，不好意思。」福星抓住談話的空檔，尷尬地開口。

眾人詫異地回頭。

「我聽不懂你們在說什麼。」

離開夏洛姆之後，巴別塔之磚的效力便消失。方才那夾雜著英、德、法語的對話，在福星耳裡就像是咒語一樣。

小花詫然挑眉，用華語和福星對話，「你是精怪吧？」

「所以呢？」

「精怪類有個天賦，就是能聽懂各國的語言。」

「為什麼？」

「呃，這和特殊生命體創生學有關。精怪類是屬於跨物種的生命，是修練而成的突變體。動物沒有語言，所以能適應各種語言。臺灣的狗到了德國並不會因為人類說德語而受影響。動物是從聲調和表情來判斷對方的意思，這個特質在精怪裡轉化擴展，變成能直接聽懂各種語言裡的含意。不過，僅限對話，文字則不在這天賦裡。」

「這樣喔。」難怪老爸不管遇到哪個國家的人都能和對方溝通。「為什麼我沒有？」

「我怎麼知道啊！為什麼你沒有？」小花反問。

福星苦惱的抓了抓頭，「呃，我的身體本來就怪怪的。而且我在人類社會待太久，或許潛能還沒被開啟吧，就像上次形化一樣。」

想起上回他連形化都能搞得雞飛狗跳，小花了然於心地點點頭。

「現在是怎樣？」洛柯羅擔心地以英文詢問，「要去吃飯了嗎？福星壞掉了嗎？」

小花簡單地解釋了一下狀況。

「你真麻煩耶！」布拉德沒好氣地看著福星，「毛病真多。」

「就算聽不懂你在說什麼，我也知道你在罵我！」可惡！

「要不要試試我的靈藥和符咒？」翡翠眼底閃著精光，諂媚獻計。

福星立即伸手拒絕，「不用了！」

他聽不懂翡翠的話，但他認得那貪婪的神情。他可沒忘記在形化事件時被翡翠的藥整得七葷八素！

「一時要想辦法解決福星的問題可能有點困難。小花，只好請妳幫忙翻譯了。」芮秋略微無奈地笑著。

「我知道。」小花瞪了福星一眼，「麻煩精。」

「我也不想這樣啊……」福星悻悻然地低喃。回去問問悠猊有什麼辦法好了。

夜燈點綴著道路，灰石路面在鵝黃色的燈光下，宛如絲帶。平坦的道路，帶著傳統風格的建築與現代高樓相雜，展現出與臺灣截然不同的風采。

沿著國王街，各色各樣的商店林立，食衣住行，各類商品陳列在潔淨的玻璃櫥窗內。走在街上，彷彿參觀著一間以德國市區風情為主題的巨大博物館。

福星一路走馬看花，很少出國旅遊的他，對眼前的景象新奇不已。

「有間德式傳統料理店不錯，等會兒可以一起去。要喝酒的話，盡頭的巷子裡有不少酒吧可以選擇。」芮秋熟稔地介紹著環境。

「妳常來這裡？」布拉德禮貌性地詢問。

「是。」

「這裡很漂亮！住在這裡一定很愉快！」洛柯羅跟著開口，目光一直盯著街角賣甜點的店鋪。

「是的，當時覺得很愉快。」芮秋望向天空，「現在卻只是令人憎惡的過往。」

布拉德隨口問道，「這附近哪裡有禮品店？」

芮秋挑眉，「什麼樣的禮品店？硬要說的話，這裡每間店賣的商品都可以成為禮物。看你要送給什麼樣的對象。」

「嗯，咳。」布拉德輕咳了一聲，不太流暢地開口，「嗯，是親戚……算是朋友吧。是女性，但是我們沒有任何關係。」故作從容地說著，完全沒發現話語的前後矛盾。

芮秋笑了笑，心裡有底。「噢，這樣的話，三條街後，右轉第一間店非常適合。」

「嗯，是的，只是幫親戚買個東西罷了。」布拉德堅持地重述了一遍。

「我有事要處理。」理昂冷漠地開口。

「我要去賣場批一點東西。」翡翠接著說。

「我也要去。」洛柯羅附和。

「看來大家都有目標，那麼，就各自行動吧。」芮秋看了看錶，「兩個小時之後在宮廷廣場集合。」

「知道了。」語畢，眾人就地解散。

福星看著分別朝不同方向離去的伙伴，慌張抓著自己的「翻譯機」詢問，「現在是怎樣？小花！怎麼大家都走了？」

「自由活動時間啦！」小花不耐煩地甩開福星的手。

「喔。那我可以跟妳一起行動嗎？」

小花看了福星一眼，不太情願地答應，「別礙事就好。」

「是是！」

「還有，」小花將背包扔向福星，「幫我背這個。」

「這啥？好重喔！」

「鏡頭和伸縮腳架。」

福星將背包背上，「小花妳很愛拍照喔？」

「嗯。」小花拿著掛在頸上的單眼相機，一邊檢查鏡頭一邊開口。

「妳都拍什麼啊？」福星好奇地湊過去。

「人。」

「什麼人？」

「好看的人。」

「這樣啊。」福星點點頭，「喔！那邊有個人長得好漂亮！」

小花抬頭，順著福星所指的方向望去，只見一名有如時尚模特兒的女子，風情萬種地走在大道上。

「沒興趣。也沒拍攝的價值。」她重重地哼了聲，聽起來帶有些不屑。「真正的極品，應該是那個！」語畢，快速地舉起相機，朝向街頭的另一側，定格，火速按下快門。

福星抬頭，只見一名穿著T恤的粗獷型男，走過街角。「妳喜歡這味的喔？」

「只要好看都喜歡。」

小花回過頭，快速地拍下另一名站在對街等紅綠燈的斯文型男子，雖然穿著襯衫、戴著眼鏡，那白襯衫卻隱隱透出精碩的健美身形。

「小花，妳一定是雅各派……」

小花頓了頓，回頭瞪了福星一眼，「你可以安靜點嗎！」

福星立刻閉嘴，識相地跟在小花身後東奔西跑。

路上的異國景色，從建築、商店，往來的行人，充斥在耳邊的外國語言，各種各樣的氣味，刺激著感官，令人眼花撩亂。

經過個小公園，花圃旁的矮牆上坐著一個街頭藝人，彈奏著手風琴，周遭圍繞了些人。

福星好奇地看了一會兒，回過頭，發現原本走在自己前方的小花此時已經不見蹤影。

他驚慌地四處張望。

這裡可沒有好心的服務生會給他糖吃，還幫他廣播找媽媽。燈火通明的大街上，走的是異族的人，使用的是全然陌生的語言。

糟糕……該怎麼辦！

冷靜，冷靜。

眼睛的餘光忽地捕捉到街角的人群中，有個黑色長髮的背影，高度和小花的身形也相似。「小花！」福星立即追了上去。

跑了一陣，人影消失在視線之中，方才看見的只是光影造成的錯覺，根本不是小花本人。更糟糕的事，偏離了原本的道路，連折返到原點的方位也迷失了。

福星茫然地向前走，無意識地順著人潮移動。片刻，在路旁看到了間小教堂，周邊的街景似乎有點眼熟，好像是剛才走過的路，於是便快步向前，轉繞入了巷中。

走了數分鐘，福星發覺並非自己所想的路，並且，隨著腳步，巷弄裡的燈光越來越暗，行人和商店越來越少。回過神時，發現昏暗的小巷裡，只有他一個人。

呃，好像不妙……

這種地方，感覺就是犯罪的最佳地點。

呼應了福星的想法，當他回頭正要折返時，赫然發現有幾名神色不善的青少年站在巷道兩側，以陰狠而貪婪的目光瞪著自己。

不會吧……「呃，抱歉，請問宮廷廣場怎麼走？」福星揚起笑容，故作天真無邪。

冷靜！微笑是世界通用的語言！說不定這些人只是面惡心善，其實胸中藏有溫柔敦厚的心，正想幫助他這個異鄉人呢！

青少年緩緩靠近，將福星包圍。對方以凶狠的語氣丟出了幾句德文。

嗯，看來，這些人不是面惡心善，而是相由心生……

「我，我沒錢啦！No money! No no no!」

啊啊！他要怎麼辦！他要怎麼辦?!

他是精怪啊！但是，他要怎麼攻擊人類？用異能力嗎？還是用咒語？會不會違反規定？特殊生命體遇到這種狀況都怎麼處理？

啊！不管了！只好使出人、妖通用的大絕招了——逃啊！

福星繼續乾笑，搖了搖手，「呃嗯，去死去死！掰掰！」語畢，轉身逃跑。

咒罵聲響起，對方亮出刀子，快步追上，一把抓住福星的背包，將他拽往後方。

福星雙手抱頭，直覺地作出躲避的動作。

啊！他沒落入惡靈魔掌，反而落在人類手上！實在太羞恥了！

福星咬牙，準備接下攻擊。然而，預期中的疼痛沒發生，反而是從身後傳來哀號聲。

是他的同伴來救他了嗎？

放下手，回過頭，只見一名修長的身影抓著持刀青年的手，向反方向折過去。

「別嚇唬外來者。」穿著黑衣的男子，笑著開口。

青年大喝了幾聲，其他伙伴立即一擁而上，朝著男子揮動武器。

「真糟糕。」男子苦笑，一個轉身，將手中的人扳倒在一旁，接著，行雲流水般，俐落地將攻擊一一化解，並且回以重擊。

「唔！」

痛苦的哀吟聲四起，見情勢不對，一伙人摀著傷處匆匆起身，狼狽地離開現場。

福星看著男子，崇拜得幾乎五體投地。太帥了！

「謝謝！謝謝！Thank you! Very much!」福星來到男子身邊，千恩萬謝地開口，盡己所能地表達自己的謝意。

男子回過頭，一手快速地抓住了著福星的肩，力道相當大。他上上下下地打量了片刻，臉上露出微微困惑的表情。

「呃，怎麼了？」

為什麼要這樣看他！啊！難道說，趕跑了盜賊，卻引來了菊花賊?!

「Can……can I go go go?」福星戰戰兢兢地詢問。

男子從口袋中掏出個像是懷錶的圓盤，銀色的金屬閃爍著光芒。

他看著錶面，皺了皺眉，然後自嘲地輕笑了聲，緊抓著的手立即鬆開，溫柔地拍了拍福星的肩。

「小朋友，和家人走丟了嗎？」男子以中文問道。

「喔！對對對！」哇！還會說中文呢，真厲害！「呃！不對，我不是小朋友！我和朋友來玩，但是走散了！」

「這樣呀。」男子咧嘴微笑，溫柔的笑容像陽光一樣和煦，令人難以想像他是徒手撂倒四個人的高手。

他再次看了看手中的懷錶，又看了看福星，像是確定了什麼之後，把錶收入懷中。

「請問宮廷廣場怎麼走？」福星詢問。雖然時間還沒到，但他可以先到那裡慢慢等。

「我帶你走出巷子，到大路指示會比較清楚，大馬路上也比較安全。」

「謝謝！」

「這裡的治安雖然不差，但入夜後有些角落仍不太安全。」男子微笑，走在前頭，一邊用華語和福星閒話家常，一邊領著他，「從哪來的？」

「臺灣，我是來留學的。」

「來多久啦？」

「半年多了呢。」

「那麼，老實說，你的語言還得加強。」

「呃，我知道啦……」他要加強的可多了……「你是做什麼工作呀？身手真矯健！」

「嗯，算是保全人員吧。」男子若有所思地笑了笑。

「是喔！」這麼厲害，想必是保護很重要的人物吧！

穿過幾條小巷，拐了幾個彎，最後來到大街上。在經過了街道上的小教堂時，男子停頓了一會兒。

「怎麼了？」

「沒什麼，只是想起了一些事。」

「喔？」

男子以德語低吟：「一個美麗的惡夢。」

福星聽不懂，但也沒追問。

數分鐘後，宮廷廣場出現在面前。

「前面就是了。」男子指了指不遠處。「要我帶你過去嗎？」

「好啊！」求之不得！

電子鈴聲忽地響起，男子拿出手機，應答了幾聲，接著收回手機。

「抱歉，我的同伴有事找我，」男子略微歉疚地開口，「沒辦法陪你走一趟了。」

「不不，你幫我很多忙了！非常感謝你！」

「幫助人是我的責任。」男子自豪地開口。「我得走了。有緣的話，會再見面的。」

「嗯嗯！」福星用力地揮手。「再見！」

直到對方身影消失在街頭尾端的轉角處時，福星才赫然想到，自己忘了問對方的名字。

應該要留個聯絡方式的……難得有這麼好的人……如果特殊生命體多了解人類，知道人類中也是有善良的好人，或許就不會有這麼多敵視和衝突了吧。

福星轉過身，照著對方方才的指示，來到了廣場的噴水池前。令他訝異的是，他的伙伴都已經站在池旁，正不耐煩地等待著。

「你跑去哪裡了！」布拉德劈頭就往福星頭上敲了一記，「搞得大家緊張得要死！」

「我聽不懂啦！」福星摸了摸頭，「時間不是還沒到嗎？」

「你不見了我們怎麼可能繼續逛？」翡翠沒好氣地斥了聲。

「我打電話告訴他們你走丟的事。」小花冷冷地開口，「我的東西沒弄丟吧？」

「還在啦。」福星抖了抖，將背上的背袋亮給小花看，「抱歉抱歉，剛才一時沒注意就迷路了，幸好有好心人幫忙。」

「沒關係，人回來就好。」芮秋輕嘆了聲，「反正剛才布拉德也鬧了點事，原本打算在國王街多逛會兒的，也只好撤退。」

「是那些傢伙先來惹我的……」布拉德不耐煩地反駁。「況且，我還沒和妳算帳。」

布拉德照著芮秋的話，來到了指示的地點。然而，出現在他面前的，是一間超大的寵物用品專賣店。

「噢，我有一陣子沒來了，或許這裡有些變遷吧。」芮秋故作無辜地聳了聳肩，「反正你也買到了你要的東西，也算是有幫到忙吧。」

寵物店的隔兩間店面，正好是間手工藝品店。以粉色為布置基調的小店，外觀裝潢得有如童話裡的夢幻小屋一般，裡頭的裝飾和擺設，都給人軟綿綿、暖洋洋的可愛氛圍，彷彿縮小版的玩具屋。店內的顧客，也以女性為主。

布拉德站在店外猶豫了會兒，最後，深吸一口氣，咬著牙進入店中。

二十分鐘後，他抱著一只鼓脹的紙袋，逃難似地從裡頭倉皇跑出。正因為出來得太匆忙，導致撞到了人。本來只是件小事，但對方卻不識趣地譏笑了從夢幻禮品店走出的布拉德幾句，換來了臉上扎實的兩拳。

就這樣，造成了小小的騷動。為了避人耳目，加上接到了小花的通知，於是一行人便提早來到集合點。

「我們還以為你出事了。」小花解釋，「畢竟西歐一帶，是白三角活動相當頻繁的一個地區。也是因為這個原因，布拉德惹事之後，我們就不繼續留在那個地點。」

「原來是這樣……」知道自己不是導致行程變動的唯一原因，心情稍微放鬆了點，「接下來去哪裡？要回去了嗎？」

「先去廣場晃一晃吧。」小花收起相機，「『商人』有時候會去。他們在特殊生命體裡面是中立分子，不屬於任何族群。他們會到處流動，販賣情報和『真正』的巫咒用品。」

在講到「真正的」一詞時，小花瞄了翡翠一眼，有點諷刺意味。幸好翡翠聽不懂華語，要不然又有得吵了。

特殊生命體因年齡和閱歷比凡人廣，因此通常會幾種不同的語言，但比不上精怪類天生就能熟練地使用各種語言，完全不受限制。

一行人在宮廷廣場前悠閒地走著，雖然已盡量低調，但出色的外貌，還是吸引了非常多的注意。福星和小花自動退到隊伍最前方，和其他人保持些距離。相對平凡的外貌，此時倒幫了不少忙，避去了不必要的目光。

「我剛才差點被搶劫呢。但是遇到個貴人幫忙！」福星向小花敘述著迷路時的經過。

「這隨便用個攻擊咒或結界就能解決了。不然，以特殊生命體的體力也很容易逃脫或擊退吧。」小花搖了搖頭，「你真的很遜……」

「我又沒被搶過！」

小花突然停下腳步，望著廣場的一角。

福星順著小花的目光看去，只見在廣場邊的階梯上，有一小群人聚在那，中間有個人擺了一堆東西在地面上，明顯是在兜售商品。

福星的第一個反應是轉頭，看看翡翠在不在隊伍之中。

好險，還在。他還以為這傢伙真的跑去擺攤了。

「是商人……」小花低語，聲音裡帶著點不快。

「是喔！」福星看著那群圍繞在攤販周邊的人，「生意不錯耶！所以那些客人都是特殊生命體嗎？」

「不是。那是古董商桑德，商人裡的異類。他只賣古物，但是商品真假參半，而且，他的販賣對象不只特殊生命體，還包括一般人類。」小花喃喃抱怨，「純粹為了賺錢，簡直就是『某人』的翻版。」

只見隊伍後方的「某人」正興沖沖地跑向古董商的攤位。一行人彼此對看了一眼，緩緩跟上。

「桑德，好久不見！」

「喔喔！是翡翠啊！」桑德熱絡地回應，同時不忘斥責一旁的客人，「不買就別一直碰，弄壞了要你賠！」

古董商桑德是個外貌看起來三十歲左右的男子，有著古銅色的肌膚，和深綠色的眼眸。他的頭髮剃光，頭頂戴了個布帽，身上穿著寬鬆的亞麻衣，柔軟的布料勾勒出精壯的身形。

「小花，已經說過了，拍照要收費。」桑德笑呵呵地盯著躲在人群後方的小花，「用手機偷拍也一樣。」

小花悻悻然地將手機收起。

「妳不是討厭他嗎？」福星詫異。

「我討厭他的人品，但欣賞他的肉體。」小花理所當然地回答。

「最近有什麼新貨？」芮秋蹲下身，瀏覽著商品，「安倍晴明的毛筆？維多利亞女王的內衣？你的品味還是一樣糟糕。」

「小芮秋要不要買啊？穿了之後身材會變很好呢！」桑德搔了搔下巴，打量著芮秋，「不過，看起來妳已經不需要了。」

「謝謝。」

「翡翠，最近有什麼新點子？」

「日系的美容瘦身商品很受歡迎。另外，在部分地區流行『團購』這樣的購物模式。」翡翠侃侃而談自己的生意經，「還有，因為一些原因，避邪驅魔的商品銷路不錯，但我認為這只是短期現象，只能趁勢撈一筆，不能列入主流。但祈求好運或財運的吉祥物倒是不在此限。」

「噢噢，聽起來不錯。有你的，翡翠。」桑德點頭讚許。「布拉德，要不要買個球啊！這是靈犬萊西用過的呢。」

「你留著自己用吧。」布拉德冷哼。

「那，除蚤劑呢？」桑德笑著回應，同時，眼光銳利地捕捉到某個客人試圖把一個小盒子掰開。「不要亂動！那個是打不開的祕寶盒，傳說是某支清朝貴族的末裔所有，裡頭裝著能夠打開神祕寶窟的鑰匙。弄壞的話，賣光你肚子裡所有的臟器也賠不起！」他流利地轉換語言，斥責了對方一頓。

「喔喔！抱歉、抱歉！咳咳！咳！」亞裔的中年男子趕緊把盒子放下。

「身體不好的話，我建議你買這個。」桑德隨手拿起攤位上的一個深褐色小棒子，「這個穴道按摩棒是經過氣學大師加持過，只要照著經脈圖壓按即可治百病，效果十分顯著。並且，除了治病之外，」桑德壓低聲音，像是在說祕密一樣開口，「還可以按照需求，增強自己某方面的能力呢。」

「噢噢！我買了！咳咳！」中年男子掏出錢包，爽快地付錢。

「謝謝惠顧。」桑德笑著將錢收到袋中，轉過頭，發現福星正一臉困惑地打量著攤位。

「這位新來的小朋友，你就是福星吧？對什麼感興趣呢？」

被點到名，福星回過神，「喔，沒有，只是覺得有點好奇。」

「嗯哼？」

「你的客人都很專心。我的意思是，芮秋他們都漂亮，應該會……」應該會回頭看一下吧？但是，這裡不管男女老少，全都將注意力放在商品上，沒有人在意福星他們的存在，彷佛只是一般的旅客一樣。

桑德略微詫然地挑挑眉，「不錯嘛。」他淺笑，「當然是有原因的。既然要賺人的錢，當然要先把自己的同伴照顧好。太多目光，有時也會引來麻煩吶。」

桑德伸手，用指尖輕輕地敲了敲身旁的一個小香爐，爐子的細口綿綿不絕地吐著如絲的白煙，煙絲盤旋在攤位上，有如巨大的頂蓋。

福星恍然大悟。是結界……

桑德接著將注意力轉向理昂。

「路德維希堡的事我已經聽說了。」他意有所指地揚起笑容，「幹得不錯。」

理昂沒搭理，只是默默地站在後方。

「為了表示我的讚賞，送你個好東西。」桑德轉身，從防水袋中拿出個水族箱，箱裡棲著隻章魚，「別小看牠，牠可是那隻預言者保羅的兄弟呢！」他頓了頓，「或者是姐妹。」

福星蹲下身，看著那隻懶洋洋的生物，好奇地問，「這麼小的箱子，怎麼塞得下啊？」

「裡頭有機關。要不然這隻肥腫的傢伙，就占了一半的空間了。」

「牠也有預言的能力嗎？」

桑德聳了聳肩，「我猜，牠可能是大器晚成型的。」

理昂頭也不回地轉頭離去。

「不然給你好了。」桑德把水族箱拎起，遞到福星面前，「算是見面禮。」

「這怎麼好意思呢！這可是你的商品呀！我怎麼能平白收下！」

福星連忙拒絕，但桑德一直堅持要給。

「你就收下吧。」小花沒好氣地開口，「他只是賣不掉又不想養，就丟給你，順便做人情。」

「小花妳說得太狠了。」桑德故作無辜地嘆了聲，「但也是事實。」

「呃……」好歹也裝到底吧。

逗留了一會兒，眾人閒聊一陣，交流了一些消息，便打道回府。

坐在車上，福星抱著水族箱，無奈地嘆了口氣。他一點也不想要這麼醜的寵物……

回去送給紅葉好了。記得前陣子聽到她吵著要吃章魚燒。

望著裡頭那隻醜醜的章魚，福星暗暗低語：下輩子，當隻有才藝的章魚吧。

時間推到一個小時前。國王街。

人來人往的街道旁，站了兩個人，盯著夢幻禮品屋低聲交談。

「抱歉，來遲了。」穿著黑衣的男子，在離開福星後，匆匆趕到同伴所說的地點。

「沒關係，已經沒事了，斐德爾。」

「怎麼了嗎？」被稱為斐德爾的男子，略微擔憂地詢問。

「這裡剛才發生了些衝突，似乎有陰獸在裡頭。」一名穿著黑色大衣的男子恭敬地稟報，「偵測儀有些反應。」

「被他們逃了。」另一名同伴憤恨地低咒了聲。

「傷亡狀況？」

「有個人類受了點輕傷，沒有大礙。」

斐德爾點了點頭，「還是謹慎為上。路德維希堡的失誤已經讓我們失去不少人手。」

「確定不是陰獸做的？」

「不是，是人類的黑幫。」斐德爾感慨，「組織的情報有誤，導致執令兵誤闖黑幫的領地，而被……」殲滅。

「怎麼可能有誤？」

「情報組的以為對方是能夠幻形的精怪，但並不是。那只是為了某些交易而做了偽裝。」

「確定嗎？」

「對，後來一路追蹤到了臺灣。偵察了許久，對方從上到下全是一般人類。」

斐德爾無奈地長嘆，「既然是自己失誤，那也怨不得人了。」

黑衣男子不平地開口，「但是那些人是黑道啊！為什麼——」

「我們的存在，是為了保護人類。」斐德爾臉色一凜，「除去世上多餘的邪惡。」

「是……」

「對了，我的偵測儀似乎有點問題。」斐德爾從口袋中掏出銀色的懷錶，交給伙伴。「剛剛偵測到錯誤的訊息，幫我交給維修部檢查。」

「是。」男子接下懷錶。

嵌著玻璃的錶面，有如明鏡，映射著街道上的種種光線。

那不是錶，倒像是指南針，指針著中央有個小小的淺藍色透明球面。

盤面上，刻滿繁複的符紋，符紋的外框，是巨大的白色三角形，在頂點處，刻著一行拉丁文字——

淨世法庭。

出遊一趟，耗費了不少體力。週日，福星睡到下午時分才懶洋洋地醒來。悠悠哉哉地前往餐廳吃遲來的午餐兼下午茶，並且把章魚送給紅葉。

從紅葉和妙春興奮的表情來看，那隻章魚可能晚上就會變成熱騰騰的章魚燒了。

用餐時，福星打聽到了些消息。在昨夜，有一名兔子精突然重病，被送入醫療中心。

但校內的氣氛似乎不像之前那麼緊繃。

從過去的例子來看，所有的受害者都有個特點，大多是能力和體力比較低的人，而且以精怪類居多，所以傳出了「只有弱者才會吸引死靈和詛咒」這樣的說法。

因此，那些靈力較為強大的種族像是精靈、獸族都一副安全無虞的表情。

然而，到了週一，有個人親身打破了這個傳言。讓校內所有學生再度陷入恐慌之中。

布拉德身體機能驟然衰弱，呼吸困難，在週一早晨被送到了醫療中心。

Chapter07

卡到陰比痔瘡難治，而且會傳染

「怎麼回事？」

「連布拉德都……」

「他在狼族裡也是很強的呢！」

惶恐不安的討論聲，在校園的各個角落響起，使夏洛姆盤旋著不安的氛圍。

福星和珠月本想去探望布拉德，但是這回因為肇因尚未確定，所以一律禁止會客。兩人被趕出醫療中心時，心情都頗低落。

「希望他沒事。」珠月擔憂地開口。

「放心，布拉德那麼強，一定會復原的。」

「昨天晚上有人轉交了個紙袋給我，裡面塞滿了許多絨毛玩具和飾品。」珠月嘆了口氣，「裡面有張卡片，上面寫著：祝妳早日康復。署名只簽了個B。」

福星差點跌倒。他立即猜到送禮者的身分。

布拉德啊！原來你外出是為了這個！太貼心了吧！

「那，妳覺得呢？」福星順口詢問。

「我想退還。隨意收下來路不明的禮物，感覺不太好。」珠月困擾地開口，「而且，我不喜歡熊……」

「噢，這樣啊……」

布拉德，多保重了。

回到宿舍，福星前往翡翠的房間。打開門，只見客廳的地面上擺滿了包裝成一小袋一小袋的商品，翡翠正坐在中央，拿著 iPhone，一一清點。

「這是什麼啊？」

「避邪抗煞組合包。用福袋的方式賣，銷路比較好。」

福星小心翼翼地避開商品，走到椅子旁，坐下，「你都不緊張喔？上次出去的兩個人都中鏢了，說不定死靈要找的人就是我們呢。」

「別胡說了。咳！」翡翠皺眉，清了清喉嚨，「根本就沒有什麼死靈。」

「你自己賣那些商品，竟然說沒有！」

「真的有死靈的話直接把我們秒殺就好，不需要這種手段。」翡翠老神在在地回應，「又不是在拍電影。現實世界重視的是效率。你看哪隻獸人只能在月圓夜變身？又不是生理期！」

「我們要不要和歌羅德報告這件事？」福星猶豫，正因為如此，所以才想找個人談談。

不過，翡翠似乎不是很好的聽眾。

「你覺得有幫助的話可以。咳！」翡翠抓了抓頭，拿起一疊標籤貼，「你等下有事嗎？可以幫我貼一下標價嗎？」

福星重重地嘆了口氣，無奈地接下標籤貼，坐在翡翠背後的空位。

「謝謝。」翡翠如釋重負。

「誰叫我是你朋友。」福星沒好氣地看著表單，一一將商品貼上價錢。

「有你真好……」

福星愣了愣，狐疑地回頭。

「怎麼了？」翡翠問道。

「沒有，只是有點訝異你會說這種話。」

翡翠頓了頓，沉思了幾秒，「嗯，大概是累了吧。」

「嗯。」這個理由說得通。

片刻，他感覺到背後漸漸加重，似乎是翡翠將身子靠在自己背上。

「抱歉。」翡翠的聲音從身後傳來。「借我靠一下。我有點累，弄這些東西花了我一個晚上。」

「喔。」福星沒多說什麼，任由翡翠，「自己要注意身體啊。」

「嗯……」

室內一片寧靜，只有觸碰包裝紙發出的沙沙聲響。

「福星。」翡翠忽地開口。

「幹嘛？」

「有你真好。」

「喔。」

室內再度回復寧靜，沒有人再開口說話。

上完下午的課，吃完晚餐，福星回到寢室。

他想做一件事，而且，想來想去，只有一個人最適合同行——

深深吸氣，鼓起勇氣，一打開門，福星便用力地將自己的要求吐出。

「陪我去日落森林！」

坐在窗邊的理昂，悠悠地放下書，回頭看了門口的福星一眼，沒做任何回應，等著對方自己解釋。

「最近校內發生了很多事，布拉德和珠月他們都遇襲。這些事都是我們去日落森林之後才發生的，我認為這些事件或多或少與我們有關係。就算不是麗．克斯特夫人的死靈，我們也可能招惹到其他的東西。」

福星咽了口口水，觀察理昂的臉色，確定對方的情緒沒有變化，便繼續開口，「所以，我想再去日落森林裡的城堡看看，說不定會有些線索。」

理昂盯著福星，沉默了片刻，將書闔上，走入床區。

福星沮喪地垂肩。

唉，被拒絕了……

緩緩地走向床區，將背包扔到一旁，整個人無力地癱在床上，無意識地左右翻滾。

好煩喔。

「你到底想怎樣？」森冷的聲音從門邊響起。

福星停止滾動，抬頭，愣愣。只見理昂穿上皮製的黑色大衣，腰帶上插了兩把短刃，背上背了把毛瑟槍，宛如刀鋒戰士一般，危險而又帶著酷勁。

「你要幹嘛？」福星傻愣愣地發問。

「不是要去日落森林？」

「你要去喔?!」福星開心地坐起身，「什麼時候？」

「現在。」理昂不耐煩地皺眉。

「呃！」老兄，太猴急了吧！「那你這身裝備是？」

「以防萬一。」理昂抽出把刀，審視了片刻，然後滿意地插回刀鞘。「走不走？」

「是是！」福星趕緊穿上鞋。

雖然有不少疑問，但福星不敢開口，怕隨意發問會讓理昂打消念頭。

趁著理昂還沒改變心意，兩人快速出發，靜靜地穿越校園，前往目的地。

進入日落森林，烏黑陰森的氣氛依舊。但今夜是滿月，在月光的照耀下，能見度比上回清楚了不少。福星憑著印象，穿過林區，來到雜亂荒蕪的遺跡帶。上回走的路沒什麼拐彎，沿著主道行走，很容易就找到麗．克斯特夫人的城堡。

一路上的景色依舊，但福星發現，主要的大型建築物，像是神殿、宮廷雖然沒變，但是有些小屋小樓，似乎不太一樣，甚至消失不見。

或許是上回沒看清楚吧。也有可能是自己記錯了。

行走到一半，福星停下腳步。

「怎麼了？」理昂問道。

望著大道旁的巨大石牌坊，福星篤定地開口，「上回沒看到這個。」

這麼大的建築，他絕不可能忽略！

朝牌坊內側望入，是個寬闊的廣場，裡頭空蕩蕩的，中央處有個高起的平臺，上頭放了個巨大的鼎，還有個臺階。

異樣的感覺從心底升起，他說不上這種情緒是什麼。像是被某個東西吸引、呼喚，既是陌生，又帶了些熟悉。

「我想進去看看。」福星開口，沒等理昂回應，就逕自走了進去。

寬闊的廣場，似乎是中國上古時代的石祭壇。中央的平臺上，除了鼎，還立了個巨大的石碑，上頭刻滿了蝌蚪般的文字。

石碑的一旁立了尊動物的石像，久經風化，細部的輪廓有些磨損，外形上看起來是匹蹲伏著的鹿，但頭部的正中央有個凸起，似乎原本是隻角，但已折斷。石獸的右腳前放著一只桿秤，左腳前放了一只羅盤。

福星盯著那毀損的動物石像，恍神地伸出手，摸了摸獸頭上斷掉的突起處。

「要走了嗎？」

福星看了看石像，「這是麒麟嗎？」

「我不知道。」

「喔。」福星應了聲，抬頭環顧了整個祭壇一圈。

腦中一片空白，只感覺得到，彷彿有股看不見的巨大能量充斥在周遭，轉動。彷彿沉積凝結已久的泥沼中出現了個漩渦，泥水開始流動，僵緩地朝中心點聚集——

「時間還沒到。」暗中的觀察者，低語。

福星回過神，像是電視機突然被關掉一般，原本迴旋在腦中的異常感，頓時消散。

呃！怎麼回事？他剛剛在想什麼？

不解地抓了抓頭，看了看四周，陰森森的建築，只讓他感覺毛骨悚然。

這裡怪怪的……

「我們走吧。」

離開祭壇後，繼續行走，接下來的景色沒有什麼改變。約二十分鐘後，高聳華麗的城堡出現在眼前。

「這就是克斯特夫人的宮殿。」福星和理昂穿過前院，來到大門前。

理昂伸手準備推門，但立即被福星制止，「慢著！」

「怎麼了？」理昂警覺收手，防衛地盯著門板。

「它會自己打開。」

「嗯？」

於是，兩人便站立在門口，靜靜地等待。

一分鐘過去。

兩分鐘過去……

毫無動靜。

「你確定它有這功能？」理昂皺起眉，臉色不太好看，有種覺得自己被愚弄的憤怒感。

福星趕緊解釋，「上回是這樣的啊！」難道是位置不對？

他靠近門板，手在底下揮來揮去。

「請問你現在是？」

「我看近一點它會不會感應到。」

「這不是自動門，沒有紅外線感應裝置。」

理昂不理會福星愚蠢的舉動，逕自舉起腳，用力將門踹開，然後俐落地抽出短刀，護在自己面前。

門板發出刺耳的磨擦聲，屋內一片靜默，沒有任何動靜。

福星領著理昂，一一前往上回造訪過的廳房，內部沒有任何改變，維持著既有的狀態。最後，來到了麗・克斯特夫人的主臥室。

「上回我們到這裡。」福星指了指牆角，「那裡有一幅畫。」

理昂走向前，掀開布簾，妖麗的女子肖像隨之出現。「破了個洞。」

「呃，那是我不小心弄破的。」福星不好意思地搔搔頭，然後下意識地對著畫像點頭致歉，「對不起喔。」

理昂看了福星一眼，無奈地輕嘆。他大概猜到福星是怎麼將畫弄破的。他拿著手電筒照明，仔細端詳著畫像，一分一寸，彷彿想從中看透什麼。

站在一旁的福星感到很不安。那張畫太過逼真，在夜裡就像真的人一樣。

他在腦中胡思亂想：理昂端詳著畫像，毫無戒備。突然間，畫面中的女子伸出頭，咬向理昂的頸子……

福星因自己恐怖的幻想打了顫。畫像中那對黝黑而深邃的眼眸，彷彿有靈魂一般，盯著他看。

「呃，理昂，謝謝你陪我過來。」福星開始說話，藉此制止心中的幻想，「老實說，你答應的時候我有些訝異呢！」

「只是順道過來探路。」

「啊？」

「聽說日落森林有些漏洞，與外界相連。」

「喔。」

原來是這樣啊。不過，至少理昂願意和他一起過來。

「倒是有幾分相似……」理昂喃喃低語。

「你說什麼？」

理昂沒回應，忽地，像是感覺到什麼似地蹲下身。

「怎、怎麼了?!」

「有風從這裡吹出來。」理昂閉上眼，深吸了一口氣，「帶著血味的風。」

接著，他沿著畫的周邊，仔細地摸索，片刻，在畫框邊緣的底下，發現了個扣鈕。

按下扣鈕，畫框的背後傳來重物落下的聲音，然後將畫框向旁推移，牆中傳來齒輪的聲響，連結在畫後的暗門，隨之移動。

濃濃的鐵鏽味傳了出來。

「有機關耶！」福星驚奇地大叫，「裡、裡面是什麼?有人嗎？」

「沒有。」理昂率先步入密室之中，「但我不確定這些血是不是從人身上弄來的。」

他將身子側向一旁，讓福星看清裡頭的狀況。

暗室裡空蕩蕩的，只有兩張椅子放在一旁。中央放了個巨大的浴缸。手電筒照著浴缸，將裡頭的東西照個清楚。

「這、這應該要向上級報告了，對吧？」

福星摀著鼻子，不安地望著浴缸。

白色的陶瓷浴缸裡，積著深色的液體。

回返後，兩人立即前往歌羅德的寢室，將克斯特城堡裡的事呈報，同時也將之前夜遊的事說了出來。

原本以為會遭到嚴厲的斥責，但出乎意料的，歌羅德的反應比預料中來得冷靜。

「你們這些小鬼還真是頑皮啊……」穿著絲質睡衣的歌羅德，斜坐在貴妃椅上，方才塗到一半的指甲油未乾，修長的手指擱在椅子邊緣，有如貴婦。「你說城堡裡有異狀？」

「是的，理昂發現了一個暗室。裡面的浴缸裡有些液體，那個顏色和味道，應該就是……血。」

歌羅德揮了揮手，「知道了，明天會派人去察看。你們可以回去了，別再亂遊蕩啦。」

福星愣了愣。「呃？」就這樣？「對方可是克斯特夫人的死靈啊！」

「克斯特夫人？不太可能。」

「為什麼？」

「首先，以麗．克斯特的能力來看，這傢伙就算死了，也會成為妖魔，而不是這種小兒科的幽靈。同樣的，像麗．克斯特這樣等級的闇血族，要死也沒那麼容易。我這樣說你明白了吧？」

「你是說她沒死？」聽見這消息是該高興嗎?!好像更糟耶！

「只是可能而已。沒有直接證據證明她死了，也沒有證據證明她活著。」歌羅德停頓了一秒，「況且，如果她真的要作亂的話，也不會找上夏洛姆，至少不是現在。」

「為什麼？」

歌羅德沒回答，只是若有所思地看了理昂一眼。理昂微微頷首。

夠了！搞什麼眉目傳情！

「總之，我們比較懷疑是白三角搞的鬼。或者是其他的因素。」歌羅德起身，直接下達逐客令，「現在，你們可以回寢室了。」

「但是——」這樣子處理未免太隨便了吧！有這麼多學生受傷了啊！

「別把事情看得太嚴重。」歌羅德對著心有不甘的福星開口，「如果覺得好奇，就自己去找答案吧。」

回到寢室的路上，福星忿忿不平地抱怨，「這算什麼爛答覆嘛！態度怎麼這麼隨便！都已經有這麼多人遇害了，學校一點積極的作為都沒有！光是加強防禦系統有什麼用！這種狀況如果發生在人類社會的話，夏洛姆早就被勒令停學了！」

「那是人類社會。」一路上始終靜默不語的理昂，忽地開口，「我們不是人類。」

「呃，至少有人受傷啊。不管是不是人，受傷了總該被重視吧？」

「對特殊生命體而言，只有死亡才需要被重視。我們和軟弱的人類不同，不會刻意強調自己的傷痛，塑造被害者的形象，然後為更加殘酷的報復找理由。」

福星看著理昂，感覺到他的話語中帶著厭恨，還有些許的無奈。或許又想到悲傷的過往了吧。

回到房間，兩人沒再說什麼，各自回到床區，做自己的事。

明天找其他人幫忙好了……感覺教授們有點靠不住。

躺在床上，福星胡思亂想了一陣，幻想著古堡裡曾發生過的事，幻想著死靈的樣貌，以及接下來會是哪一個學生受到攻擊。在混亂的思緒中，漸漸進入夢鄉。

夜色深沉，如柏油般，濃稠、深幽。受到死靈事件的影響，學生人心惶惶，午夜之後大多回到寢室。原本熱絡喧囂的夜晚，被披上了名為不安的喪服。

「嗯……」

沉眠中的福星，在睡夢中，突然感覺不太安穩，有種不適的感覺。左右扭動了一會兒，那股身體的異樣感越發明顯。

是水喝多了吧……腦中自動浮出合理的答案。

本想起身，但身體卻沉重得無法動彈。福星迷迷糊糊地瞇起眼，只見在黑暗矇矓之中，有對火紅的雙眼對著他。

什麼東西啊……

好睏，他還在做夢吧。緩緩地閉上眼，任由意識沉入夢中，深沉地睡去。

次日一早，福星被刺眼的陽光喚醒。溫暖金色的豔陽，讓人感覺春日的到來。

一如平常地伸了個懶腰，走下床，準備梳洗。忽地，他停下腳步。

嗯？好像哪裡怪怪的。

福星看了看書桌，看了看整個床區，就和昨晚睡前一樣，沒有變動。是他神經過敏吧。

客廳裡亦是陽光普照，射入玻璃窗的陽光，在空中折射出燦爛的日輝。走向浴室，經過理昂的床區時，細小的悶哼聲抓住了福星的注意。

「理昂？」還沒睡嗎？

斷斷續續的呻吟聲從內傳來。

「理昂？你還好嗎？」

好像不太對勁！

「我、我進去囉！你沒反對喔！不能生氣喔！」

福星小心翼翼地走向理昂的床區，令他震驚的景象，隨之出現在眼前。

「理昂！」

躺在床鋪中央的理昂，身上沒有任何遮蓋物。穿著單薄襯衫的身子像著火一樣冒著白煙，裸露出的肌膚變成嚴重的燙傷紅腫。

五分鐘後，醫療隊來到福星寢室，在擔架旁撐起特製的避光布幕，將理昂放置入內，送往醫療中心。

福星跟著救護隊的人員，一路跟在理昂身邊。進了醫療中心，布幕撤下，看見受傷的理昂，福星的內心再一次揪了起來。

「你還好嗎？」看著那滿是傷痕的肌膚，眼淚不爭氣地盈滿眼眶。「看起來好痛！對不起，對不起。」

「別擔心。」一旁的醫護人員拍了拍福星的背，冷靜地安撫，「特殊生命體的體力很強。即使雙手雙腿被砍斷、肚子被剖開，也仍然能活著。」

「但是，還是會痛啊！」

「噓……」細小的聲音從病床上響起。

「理昂?!」福星立刻靠近，「怎麼了嗎?你需要什麼?放心放心!醫生已經在準備了!上了樓就立刻接受治療!」

理昂撐開眼皮，瞥了福星一眼，乾裂的嘴唇開啟，緩緩吐出喑啞的語句，「吵死了，笨蛋……」

「理昂！」

「我沒事。」理昂閉上眼，「不用擔心……」

上了特別醫療室，福星被擋在門外，禁止進入。

站在長廊上，踟躕徘徊了一會兒，認定自己一籌莫展後，便沮喪地離開醫療中心。

太爛了。他怎麼會這麼遲鈍……同寢的室友出事了，他竟然一點警覺也沒有……

到底要無能到什麼時候啊！賀福星！當人類和妖怪都是半吊子，一點用都沒有！

回到寢室，福星癱坐在入口旁的椅子上。方坐下時，突然有股不自然的感覺。

這椅子不是都放在窗邊嗎？怎麼跑來這裡？

大概是醫療隊的人搬動的吧。

早上的語言課，福星無心去上。就坐在寢室門口靜靜地發呆，沉澱心情。直到中午，翡翠和洛柯羅來找他一同用餐，才離開房間。

理昂受傷的事很快就傳開，下午的共同必修課，福星立即被人團團圍住。

「理昂怎麼了？」

「昨天發生了什麼事？」

「死靈到你房間嗎？」

「你有看到死靈嗎？」

「連闇血族理昂都遭殃了，為什麼你沒事？」

「你是怎麼躲過的？」

福星皺著眉，臉色不佳地面對著紛擾的群眾。稍微平靜一些的心情，再度被打亂。

「我不知道，不要來——」

正要怒聲回應時，福星的話語被另一個聲音打斷。翡翠突然出現在福星身邊，兩隻手上掛滿了各式各樣的護身符。

「這位仁兄之所以沒事，咳——」他展開雙手向人展示商品，「是因為使用了小店所賣的避邪三寶的緣故。對吧，福星。」

「翡翠……」福星沒好氣地開口。他現在沒心情配合。

「一組五歐元，包括項鍊、腕帶和手機吊飾……咳！物美價……咳……廉。現在買還送防水套，保護你的護身符，讓你在沐浴時也可以佩戴咳……全天候守護，讓你不用擔心……咳咳！……死靈的侵襲。」

「翡翠！」太超過了吧！

「要買……咳！要快！咳咳——」翡翠大聲吆喝，「連攻擊狼族和闇血族的惡靈都會怕的護身符，數量有限！要買要快！」

一群人蜂擁而上，爭著掏錢購買。

「賣完就沒有囉！咳咳！」

福星沒好氣地坐到一旁，和洛柯羅說話，「真受不了他。」

雖然覺得翡翠的行為有點失禮，但是看著翡翠完全不受環境影響、幹勁十足地做著自己喜歡的事，福星心裡也跟著放鬆了起來。

「嗯嗯。」洛柯羅的桌面上擺滿了點心，他把第五塊捲餅吞入肚中，喝口果汁，賣力地吃著剩下來的派。

「你很餓嗎？」中午明明才吃完一堆東西的說！

「還好。」洛柯羅一邊吃，一邊回答，「我得在回到寢室前把它吃完。」

「為什麼？」

「不然每次放在寢室裡都會不見！」洛柯羅皺起眉，苦惱地嘆了聲，然後繼續進食。

「大概是有老鼠吧。」

人潮散去後，翡翠開心地坐在位置上數鈔票。

「咳咳！薄利多銷。」翡翠拍了拍福星的肩，「多虧有你，咳咳！下回外出我請你吃飯！咳！」

「呃，你還好吧？翡翠？」他現在才發現，翡翠的臉色很糟。原本雪白的皮膚此時泛著鐵青，眼中也布滿血絲。

「沒事、沒事。咳咳！」翡翠的聲音乾澀，話語之間夾雜著氣音。

「要不要去醫療中心？」老實說，現在的翡翠不像精靈，而是幽靈。

「不用！咳！」翡翠直截地否決，他用力地吸了口氣，「我得回去批貨。這些錢就是治我的藥！咳嘔——」話語方落，接著是重重地一咳。

殷紅的血，和著深色的血塊，噴灑在桌面。

「翡翠！」

「啊啊！」尖叫聲像浪潮一般，從翡翠周遭開始擴散，沒多久，整間大教室被恐懼焦慮給填滿。

「噢，該死的……這下自砸招牌了。」翡翠嘆了一口氣，望向福星，蒼白的容顏勾起自嘲的微笑，「但是，貨既售出，概不退還。」語畢，身子一傾，墜向地面。

福星站在一旁，瞪大了眼，完全不知該做什麼反應。

連續目睹兩個朋友倒下，自己卻不知所措。

茫然、無助、擔憂和憤怒，數種情緒同時在心裡浮現。

到底要到什麼時候才結束啊！

Chapter08

歇斯底里的女人比鬼可怕

翡翠被送往醫療中心沒多久，布朗尼隨即出現，將教室打掃乾淨。片刻，寒川教授出現，簡單地安撫了學生之後，便照常上課。

沒有太多的解釋，也沒有太多的關切或預防措施。教職人員的消極態度，讓福星第一次對夏洛姆感到失望。

下午，福星向歌羅德打探翡翠和理昂的狀況。幸好，兩人都沒有生命危險，都在治癒當中。懸吊著的心，稍微舒緩。

當天晚上，福星在餐廳裡，從布朗尼手上接到了寶瓶座緊急通知。

兩個小時後，福星和以薩以及其他的實習儲備員，到達了寶瓶座會議室集合。

「最近校內發生不少意外，雖然原因尚未確定，為了學生的安全，並且安撫學生情緒，寶瓶座決定自組巡邏隊，每日巡守校區。」希蘭簡明扼要地指出開會目的，並且不由分說，強制執行。

底下的學生，有幾個人面露難色，但沒有一個人提出反對，畢竟，大家都不想因此而喪失了進入寶瓶座的機會。

福星則是相當贊同這個計畫，並且對希蘭產生了崇敬之心。

這樣才對嘛！應該要有人出面為學生做些事了！寶瓶座比學校的教職人員有用多了，他們才是真正關心學校的人吧！

他有點想加入這個團體了……

希蘭繼續說明，「考量到人力和效力，因此決定在重點時段巡邏重要地點。分兩梯次，午夜零時與凌晨三點，分區進行巡邏。按照班級，兩人一組。等會兒到前頭來抽籤，分配負責區域。」

寶瓶座成員拿出紙筒籤筒，各班的代表紛紛上前抽籤。輪到福星時，他隨手取出一只繫著絲帶的紙卷，回到座位。

拉開絲帶，將紙條攤平，上頭有個以鵝毛筆寫成的花體「F」。

不知道是什麼意思，「小花妳抽到啥？」

「M。」

「喔。」完全沒有頭緒。

紙籤抽完後，希蘭走上臺。「都拿到了吧？那麼……」他彈了下指。

幾秒後，每張紙籤上的字母後，浮現出隱藏著的字體。

福星看著自己手中的籤，驚訝不已地看著上頭的字。

「女生宿舍?!」

噢，天啊！這真是……太神奇了！

他可以笑嗎？他實在壓抑不了心中那澎湃激昂的暗爽。

「什麼！禁忌之塔！」

「教學區？這樣不是包括了普通大樓和異能大樓兩個區域！」

一旁不滿的抱怨聲，讓福星勉強壓下心中的雀躍。

呼呼呼，太高調可是會遭忌的。

「嗯，是女生宿舍。」福星故作冷漠地將紙條遞給一旁的以薩，「真麻煩，是吧。」

只見以薩的表情僵硬，直勾勾地瞪著紙條。

「女生……是女生……」他喃喃地低語。

福星挑眉。這傢伙是開心過頭了嗎？嗯嗯，他懂他懂，對男生來說，進入真實的女生宿舍，就像中樂透首獎一樣。

對了，如果F是女生宿舍，那M是？福星回頭，只見小花的嘴角不自然地勾起。

「男生宿舍。」小花漠然地開口，就像方才的福星一樣，淡然地在紙條上簽名，「真麻煩，是吧。你呢？」

「一樣，不怎麼好的位置。」福星從容地將紙籤現給小花看。

「彼此彼此。」

兩人對望，露出心照不宣的笑容。

福星和小花被排到的班次都是第二梯，也就是凌晨三點。這對早睡的他來說，有點不太習慣。

凌晨兩點五十分，巡邏隊在主堡前集合。福星打著呵欠、睡眼惺忪地來到現場，在看到小花的裝扮時，整個人清醒。

「小花，妳……」

那身打扮，和當初去日落森林探險一樣，甚至更加專業。

但今天她的目的地是男生宿舍啊！相機和錄影機是想幹嘛！

「記錄過程是非常重要的。」小花推了推眼鏡，一副專業的口吻，「或許日後我們可以從中發現端倪。」

「這樣喔……」

寶瓶座的風紀部委員，發給巡邏員識別臂章，上頭附著的咒語能讓學生出入各個區域而不受限。簡單地交代注意事項後，各組成員便分散前往指定點執行任務。

凌晨三點，不管是日出或夜行的族類，都是潛伏休息的時段。加上這陣子發生的事，使得夜晚的校園更加森冷詭譎。

走在女生宿舍裡，空氣中便飄著一股香氣，緩和了夜晚帶來的不安與恐懼。

女生宿舍耶……

走在內部的長廊上，來回巡視。雖然一間間寢室的門緊掩，但，光想到隔著牆，裡頭就是女生。寢室中的少女，可能正在睡眠，可能正在唸書，也有可能正在洗澡。卸下制服後，會換上什麼樣的衣服呢？可愛風的棉質睡衣，還是貴族風的絲絨睡袍——

噢，他突然覺得自己好糟糕……

「唔……」不適的低吟聲響起。

福星回頭，只見以薩的手摀著嘴，似乎不太舒服。

「以薩，你還好嗎？」

「味道很重……」以薩低喃。

福星嗅了嗅，空氣中飄著各式各樣的香氣，來自沐浴乳或保養品的濃郁氣味。

他自己是覺得很好聞，或許對於硬漢以薩而言，這種娘們的味道讓他受不了吧。

「室內大致看過了，我們到室外吧。」

以薩用力點頭。

於是，兩人步出大樓，來到女宿中庭。宿舍是n字形，中央是花圃草坪，正中央有個亭子，從亭子延伸出幾道有著棚頂的長廊，連接到三面的入口。

「你巡前面那邊吧，」經過外走道時，福星指了指亭子西側的長廊，「我到另一頭看看。等一下在亭下集合。」

以薩點點頭，轉過身，坦然無懼地朝著黑暗的彼端前進。

看著那高大背影，福星十分羨慕。如果他有以薩的十分之一勇敢就好。

拿著手電筒，在花圃附近巡視。樹叢在燈光的照耀下，顯得鬼影幢幢。福星咬著牙，勉強自己鼓起勇氣，從容行走。

「啪！」

一個小小的硬物忽地擊中了福星的後腦勺。福星嚇得跳起，驚慌地回過頭，但什麼人也沒有。

「是誰?!」

媽啊！他好怕！以薩回來啊！夫人！不要找我！

正打算逃跑時，耳熟的聲音響起。

「喂！你！站住！」傲慢的嬌斥，從角落傳來。「是我啦！」

福星停下腳步。看來不是死靈，似乎是熟人？

他緩緩回過頭，但眼前的景況，差點讓他噴鼻血。

對方是同為寶瓶座實習儲備員、向來看不起福星的精靈緹絲忒。此時的她只穿著襯衫，衣服下襬兩條纖細白嫩的大腿毫無遮蔽，下半身只穿著長度到小腿的黑襪。

「妳、妳搞什麼啊！」由於太過驚訝，反而不知道該吐槽什麼。「妳的絕對領域太大了啦！」

「這、這是有原因的！」緹絲忒略微羞愧地開口，「我和茉莉負責巡邏教學大樓，然後我剛剛想上廁所。」

「喔，我懂了。」

兩人面對面，沉默了幾秒。

「那妳蹲在這裡幹嘛啊？」福星再度發問。

「我、我……」

「喔！」福星擊掌恍然大悟，「妳在路邊偷偷小便喔？」

「並不是!你這低級的蠢東西!……事實上，不見了……」

「不見？」

「她比我早一步進廁所，但是我進去時，她已經不見了。」

「可能先走了吧。」

「我不知道，茉莉應該會等我的，我也有想過這個可能，所以就不以為意地進入廁所之中……然後……」

她咽了口口水，開始回憶。

燈光熄滅。

緹絲忒抬頭。黑暗對精靈而言並不足畏，但在這尷尬的時刻，她也提高了戒心。不安的心情有如黑暗，赫然籠罩。

誰？

「是——」是茱莉嗎？她本想如此揚聲詢問。

「喀……」輕微的聲響，扼阻了她的話語。

「喀、喀、喀啦……」

似乎是腳步聲。但聽起來像是某種東西被拖行，敲擊地面產生的聲響。

「嘎……」第一間廁所門板被推開，門扉磨擦，發出宛如乾嘔的粗糙聲響。

「嘎……」聲響再度響起。第二間門扉被開啟。

該、該死的！她不怕！她是尊貴的精靈，區區的死靈算什麼……

「嘎……」第三間。

「嘎……」第四間。

聲響就在隔壁響起。

她不怕……不怕……

「喀、喀啦……」拖曳聲向前挪移，在她所處的廁所前停下。

怎、怎麼了？

「叩叩。」門板傳來一陣輕敲聲。

緹絲忒惶恐的情緒繃到最緊，瞬間崩潰。

「啊——」出於下意識的反應，她唸出了衝擊的咒語。

「轟！」門板被衝擊波撞開，向後飛衝。

同時，緹絲忒不顧一切，以最快的速度狂奔出廁所，有如箭矢一般衝離教學大樓，直奔女生宿舍。

「原來如此。」福星點點頭，「所以妳是因為跑太急所以裙子掉了喔？」

緹絲忒瞪了福星一眼，「那種情況，根本無暇顧及其他……」

「那為什麼不回寢室咧？」

「我這個樣子怎麼回去！別忘了，從這裡到女宿要穿過中庭花園，我可不想被別人看見！況且，我還沒找到茱莉呢！」

「說得也是。」福星忍不住輕笑，「妳也會害怕呀？」

「少囉嗦！」緹絲忒嬌斥，「快陪我回房間！幫我把風！」

「知道啦。」福星停頓了一下，脫下外套。

緹絲忒驚叫，「你想幹嘛?!低級下流的東西！」

福星愣了愣，「我只是想拿衣服給妳遮身子……這樣子不好走路吧？」

「喔……嗯。」緹絲忒愣了愣，尷尬地接下衣服，「轉過頭去！不准偷看。」

「是是是。」真麻煩……

「嗚嗚……」細小的啜泣聲從背後傳來。

福星莞爾一笑，「呵呵。」

「笑什麼?!」緹絲忒怒斥。

「妳嚇到哭呀？」沒想到她也有可愛的一面。

「我才沒哭！」緹絲忒轉過身，福星的外套已綁在腰上，遮蔽住春光。臉上的怒容，看起來沒有哭泣的跡象。

「那剛才的聲音是……」

「嗚嗚……」

聲音再度響起，兩個人都聽見了。

毛骨悚然的顫慄感，自腳底竄升，心中的所有恐懼，在喉嚨爆發。

「啊啊——！」兩人不顧一切地向前狂奔。

黑漆漆的走道上，遠端有個亮點，是以薩的提燈所發出的亮光，此時有如荒夜裡的燈塔一般指引人逃生。

「以薩！」福星大喊。

以薩回頭，看見來者，臉色驟變。然後——轉身就跑。

這是怎樣！難道說——他後面有恐怖的東西?!

「等等我啊！」

老兄！你不是硬漢嗎！怎麼和他一樣窩囊啊！

忽地，一條白色的影子閃過福星眼角。呃！這是……福星頓了頓腳步。

同時，緹絲忒以精靈特有的敏捷高速衝向前方，奔向以薩，力道之強，把將近兩公尺高的以薩撲倒在地。

「好痛！」緹絲忒因疼痛而瞇起眼。

「妳、妳——」以薩一臉驚恐地望著緹斯忒，彷彿看見恐怖至極的景象。

「妳這女人在搞什麼！」福星姍姍趕到，大喊，「外套掉了啦！」

「什麼！」緹絲忒轉身，看見福星手上拿著外套。低下頭，赫然發現，自己的姿勢非常的曖昧尷尬——光著下半身，兩條腿岔開跨坐在以薩的身上。

她趕緊遮住身子，嬌聲斥喝，「混帳，不准看——啊啊啊啊！」

驚恐的叫聲響起，緹絲忒像貓一樣跳離開以薩，縮到牆角。

「怎麼了！」尖叫的時間點不對吧？

「他、他——」緹絲忒驚慌地看著依舊躺在地上的以薩，因驚恐而無法正常說話。

福星戰戰兢兢走向以薩，倒抽了一口氣。

高大的身影躺仰在地，有如倒塌的高牆。

以薩蒼白的臉被染成紅色，深紅的血液汩汩地從雙眼、鼻孔、耳朵和嘴角流出。

「昨天有個闇血族的七孔流血！」

「一C的，那個叫以薩的高大闇血族！」

「能將闇血族擊倒，對方的能力不可小覷。」

「是死靈，一定是魔化的惡靈！說不定是惡魔！」

流言喧騰占據了校園。每個學生開口閉口都是與惡靈、詛咒。翡翠雖然住院，絲毫不影響護身符的威信，之前賣出的商品，在學生間以三倍的價錢轉賣。

受傷生病的學生，大部分待了一星期左右就會治癒，回到班上繼續上課。但仍有少數幾個狀況較嚴重的人，依舊留在醫療中心裡，觀察治療。

翡翠、布拉德和理昂，都是留院觀察的人。

理昂受傷的兩、三天後，病情受到控制，雖然精神和體力回復，但外表受的傷尚未癒合。

福星趁著空堂，前往醫療中心探訪。

被轉移到一般病房的理昂，正坐在病床上看書，臉上身上都纏滿了繃帶，看起來有點像木乃伊。

理昂無奈地搖頭。

福星簡單地慰問了理昂之後，便切入正題。「你看見是誰攻擊你嗎？」

「是鬼魂嗎？還是人？」

「我不知道……」理昂放下書。

「怎麼會這樣？」福星有種茫然無助的感覺。「是我們害的嗎？潛入城堡惹怒了伯爵夫人？」

「不可能。」理昂再度否認。

「但連以薩都——」

「正因為受害的是以薩，所以我說不可能是伯爵夫人！」

福星愣了愣，「什麼意思？」

理昂皺了皺眉，沒有直接回答，而是轉移話題，「與其擔心是古堡的鬼魂作祟，不如擔心是我們外出時被白三角的成員發現。」

他的語調越發森冷，繃帶下露出的雙眼，因憤恨而轉為血紅。

「或許這正是白三角的陰謀。那些傢伙這次派出了強勁的打手……要是我能離開這裡……」

理昂的心思被復仇給占滿，他咬著牙，沉默不語。

福星輕嘆了一聲，知道這場對話已經結束。「你多保重。」

身邊的人一個一個倒下。只剩一個人能夠幫助他了。

離開醫療中心，福星立即前往禁忌之塔周邊的那塊林區。悠猊已坐在那裡，閒適地看著書，彷彿與世隔絕一樣，一點也沒有因校內的事件而憂慮。

「午安呀，福星。」悠猊自在地揮揮手，看見福星一臉沉悶，便好奇地詢問，「怎麼了嗎？」

「現在學園裡亂成一片。」

「那可真糟糕。」悠猊悠哉地回應，彷彿事不關己。「已經傍晚了，你不用離開嗎？」

「珠月、翡翠、布拉德，還有理昂都出事了。只有我一個人沒事。」

他真的猜不透，為什麼自己能免於災難？他是夜遊團裡最弱小的，不，應該說是全夏洛姆最弱小的，為什麼那個看不見的敵人放過他？

「那很好啊。」悠猊一點也不在意，「那，其他人呢？」

「紅葉、妙春似乎胸有成竹，應該是藏有什麼祕密武器；丹絹則是在寢室裡布下了嚴密的防禦網。芮秋的話我就不知道了。」

「洛柯羅呢？」

「他沒事。」福星沒好氣地開口，「只是一直抱怨自己囤積的餅乾不見了。他懷疑房間裡有老鼠，正在苦惱要怎麼樣防止同樣狀況再發生。」

這傢伙不希望餅乾被偷，又不忍心放老鼠藥和捕鼠器，只好把零食一層又一層地包起來，藏到更加隱密的地方。

但夏洛姆的老鼠似乎比外頭的老鼠聰明，總是有辦法找到食物，搬個精光。

「老鼠？」悠猊笑出聲。

「怎麼了？」

「隔一條路就是學生餐廳，你覺得老鼠會捨棄那麼大的糧倉而跑到宿舍覓食？」

「呃，這樣說是有道理啦。但是宿舍裡有老鼠也是很正常的事吧？」

「那是在人類的社會。在夏洛姆不會有這種狀況。」悠猊開始解釋，「第一，負責校園環境的布朗尼不會讓老鼠出現在學生宿舍。第二，若真有老鼠，鼠精也會用委婉的方式讓他們的同類離開學園，免於貓妖或其他精怪妖族的獵殺。」

「呃，說得也是。」但，這不是重點吧。生命都有危險了，誰還會管衛不衛生啊！

悠猊笑了笑，忽地眼尖地發現，福星的手背到手腕上，有著點點紅疹，漫布成一片。

「你的手怎麼啦？」低下頭，發現對方右腳的褲管有一圈被撐得臃腫，「還有腳。」

「喔，手的話是前天醒來就這樣了，」福星看了看手背，「有點痛痛的，但沒啥影響，我猜是蟲咬的吧。腳的話，是前天巡邏時扭到。」

悠猊收起笑容，伸手牽起福星的手腕，輕輕地撫了撫。

「……納光濃縮液。」

「什麼？」

精靈族的補品，特別是木系精靈。塗抹在身上，只要照耀一點點的日光，就等同於整個人曝曬在烈日下，能強力地吸收光線。

「沒什麼，這個過兩天就會好的。」悠猊笑了笑，但眼底卻閃爍著陰冷不悅的光彩。

「喔。」福星看著手背上的疹子，嘆了口氣，「歌羅德他們似乎有意把待在南半球分校的校長請回來，希望事件能就此結束……」

悠猊挑眉，將書闔上。「校長？」那傢伙現在回來的話可不太妙。

「嗯。校長的話應該有辦法解決吧？」

悠猊微笑。「是啊……」

但是，他現在可不希望那掃興的傢伙回來，礙事。

嘆了口氣。

好吧，他膩了，鬧劇也該落幕了。

「福星，有學生被惡靈攻擊而死亡嗎？」悠猊忽地發問。

「沒有啊，為什麼這麼問？」

「因為你一身黑，看起來像是在服喪。」

福星看了看自己，上半身穿著黑色T恤，下半身則是制服的黑長褲、黑皮鞋，脖子上和手腕上分別掛著翡翠給的護身符，恰巧是以黑曜石和烏鋼所製。

「只是恰巧穿得一身黑而已啦。」不說的話他自己還沒發現呢。

「是呀。」悠猊笑了笑，「有些獨立的現象，彼此並不相干。但被旁觀者自己找出相同點，而自行歸納出關聯性。」

「嗯？」

「從頭開始，一個一個還原每個事件的樣貌，說不定會找到答案。」悠猊起身，拍去褲子上的灰，「喔，另外，也去幫幫洛柯羅吧。宿舍裡要是有老鼠，那也是相當困擾的事。」

「但你不是說宿舍裡不會有老鼠？」

「是這樣的沒錯。」悠猊無奈地嘆了口氣，望著福星，「福星呀，趕緊變強吧。身子和腦子都是。」

他的耐心是有限的。

「什麼意思？」看著悠猊超然的眼神，福星的心裡突然有股異樣感，「悠猊，你是不是知道什麼事？」

「我知道很多事呀。」悠猊輕笑著回答。

福星感到困惑，剎那間，他突然發現，自己對眼前的人一無所知！

為什麼他會和悠猊成為朋友呢？

除了名字，悠猊根本就是個陌生人啊！

「你是哪一班的？你有住宿舍嗎？我怎麼都沒看過你。」福星開口，疑惑和焦慮開始從心底蔓延，「你是哪一個族類的？為什麼我好像──」

「噓。」悠猊伸出食指，停到福星面前，「安靜點。記得該知道的事就好。」長指輕點了福星的額頭，指尖亮起藍色幽光，一閃即逝。

福星眨了眨眼。盤旋在心中的雜亂思緒，在瞬間被抹去。

「呃，怎麼了？」他怎麼突然恍神？

「沒事，你累了。」悠猊笑了笑，「你說你要去幫洛柯羅處理老鼠的事，還有要重新調查惡靈引發的事件。」

「喔對！」福星趕緊起身，「那麼，下回見了！」

「再見。」

望著福星的背影，悠猊勾起深遠的笑容。

控制記憶的咒語差點就解開了呢。他把一些事封鎖在記憶的盲點裡，讓福星忽略掉一些細節，好讓他能夠繼續和他往來，繼續當一個「好友」。

看來，這傢伙在不知不覺間還是有所成長的吶……

令人期待。

SHALOM ACADEMY

Chapter09

李組長眉頭一皺就知道案情不單純，

但是動機很蠢

SHALOM ACADEMY

照著悠猊的話，福星回到事件的原點，最初始的異常狀況。

他向希蘭申請了調查准章，便前往女宿。第一個號稱看見鬼影的，是一年級的妖精璐比。

「妳說妳看到鬼影，是什麼狀況？」

「我在十一點左右趕回宿舍，進到寢室之後，屋裡的燈突然熄滅，同時，我聽見了一些聲音，然後我就大喊『是誰？』。」

「然後呢？」

「有道黑影竄出。」

「是什麼樣的影子？」福星一邊詢問，一邊記著筆記。

「大概一個人高的黑影，突然浮現在在牆面，然後速度很快地消失了。接著，我就大喊『死靈』！」

「妳怎麼確定那是死靈？」

「那天的異能力概論有提，我當時立即就聯想到，所以就這樣喊出來了。」

「這樣呀……」所以，她並沒有看見死靈的本體，並不能確認那黑影是否真的是死靈。

「那個黑影有攻擊妳嗎？」

「沒有。」

福星點點頭，看了看筆記，「慢著，妳說燈壞了，室內一片漆黑對吧？」

「是的。」

「那麼妳怎麼看得到黑影呢？」只有光明才會帶來影子，黑暗中不存在陰影。

「經你這麼一說……」璐比偏頭想了想，「是有微弱的光，一瞬間有微弱的光，把影子映在牆面上！」

「我可以四處看看妳的房間嗎？」

她大方地讓開。福星便在寢室的客廳處四處張望，打量。他看了看那道出現黑影的牆，接著轉頭，看了看牆的對面，正是落地窗戶。福星走向窗邊，拉了拉窗簾。

他繼續在室內搜尋，有個東西吸引了他的注意。

角落處放置著竹製的小箱。他蹲下身，仔細觀察，「這個是？」

「喔，那是雜物箱，通常是放些飲料或零食之類的。」

「破了耶。」福星將竹箱的背側轉過來，讓璐比看清楚。

「真的？」璐比低下頭，看著那拳頭大的小洞，不怎麼在意，「我沒注意到呢。」

「是老鼠嗎？」

「不可能吧。隔壁的纖纖是鼠精，她不會放任同類在宿舍裡胡鬧的。」

離開璐比的房間後，福星前往三樓。

第二個受死靈攻擊的女學生，是二年級的蛇妖，青璘。

「那天我和查爾斯約會到十二點，回來時同寢的雲雀精鳴曉已經睡了。她的起床氣很重，我不想吵醒她，所以就到公共澡堂沐浴。」

「然後呢？」

「燈滅了。浴室裡傳來怪聲……」

「什麼樣的怪聲？」

「聽起來像喝東西的聲音，低沉的啜飲聲。」

福星咽了口口水，「然後呢？」

「我企圖辨識對方的位置和氣息，但是卻完全感覺不到特殊生命體的氣息。於是我慌了，擔心是克斯特夫人的死靈……」

「慢著慢著！」福星連忙打岔，「妳怎麼能判定是克斯特夫人的死靈？」

「鳴曉是一B的，和小花關係不錯，你們到日落森林的事我也聽說了。」青璘略微不悅地開口，「說來也要怪你！沒事幹嘛去那種地方！惹來一堆災祟！」

「但又不確定是克斯特夫人的死靈！」福星辯解。

「有死靈就對了！」

「那個死靈是怎麼攻擊妳的？」

「呃，其實呢……」青璘尷尬地停頓了幾秒，「硬要說的話，它並沒有真的攻擊我。」

「那妳的傷？」

青璘沉默了幾秒，不好意思地吐出答案，「……是我自己滑倒割傷的。」

這和福星在一開始聽見事件時所作的猜測完全符合。

這樣看來，青璘也不是第一個真正的遇害者。

第一個明確遇到攻擊行為的，是麋鹿精茸芷。

「我不知道，我只聽見怪聲，然後有強烈的閃光，我無法動彈，然後就昏了過去，之後吐個不停，一定是受了詛咒。」茸芷心有餘悸地回憶著。

「所以妳當下也並未真的受到攻擊囉？」

「沒有。」

「妳認為嘔吐是和死靈有關？」

「不然好端端的怎麼會吐！一定是接觸到死靈帶來的詛咒。」

福星困惑地皺起眉，「妳平時會嘔吐嗎？」感覺嘔吐只是很普通的小症狀。

「不會，除非吃到肉類。肉類與我們草食性精怪的體質不合，吃到肚裡身體會產生排斥反應。」

「會不會是妳那天剛好吃到肉啊？」

茸芷像是被冒犯了一般，皺起眉，「你會把不小心把狗屎當成巧克力嗎？」

「呃……不會。」好，他懂了。

「哼！」茸芷將頭撇開，顯得不太高興。

「那妳的嘔吐物有保存嗎？」

「我不知道，醫療中心或許有化驗吧。」她不耐煩地瞪著福星，下逐客令，「還有事嗎？沒事的話可以請你離開好嗎？」

「是是是……」

福星前往醫療中心，向依帝斯詢問了之前遇襲的學生的癥狀。

出乎他意料的，依帝斯不僅沒有刁難，甚至直接把診療報告的影印本交給福星。

「這是所有的資料，或許會對你有幫助。」依帝斯微笑著開口。「那是影印本，你可以拿走沒關係。」

福星愣愣地接下資料，道了聲謝，帶了點困惑地邊看邊走向宿舍。

但才到半途，立即轉向，直奔教師辦公室。

大略地將資料翻過一遍，他便發現事件的真正共通點了！

太明顯了！這根本不是麗．克斯特夫人作祟！正確來說，和死靈完全無關！

福星三步併兩步地跑上樓，直達歌羅德的辦公室。

他急躁地敲了幾下門，片刻，門扉開啟。步入屋中，令人意外的是寒川也在裡頭。

「有什麼問題嗎？」歌羅德坐在辦公桌後，悠哉地看著屋裡的兩個訪客。「剛剛依帝斯來電通知，說你這兩天內可能會來找我，沒想到這麼快。是出了什麼事呢？」

福星將資料握在手中，深吸了一口氣，開口，「我又重新調查了事件，發現——」

「你真的很閒呢。」寒川惡質地打斷，但立即被歌羅德瞪了一眼。

福星繼續開口，宣布著自己的發現，「其實這些事件和惡靈並沒有關聯。」

「喔，好驚訝喔。」歌羅德懶懶地打了個呵欠，「我記得我在一開始就這樣和你說了呢。」

「對，但我以為那只是息事寧人的說法……」

「真是狂妄。」歌羅德輕笑，「然後呢？」

「璐比和青璘這兩人雖然是整個惡靈事件的開端，但是她們並沒有真的遭到攻擊，而且聽她們的敘述，那個『惡靈』感覺更像是看到她們後逃跑。」

「嗯哼。」

「麋鹿精茸芷看到的白光，我猜是閃光燈，剛好在事件發生的前一天，小花曾經提到她裝著攝影器材的背包不見，裡面就裝了閃光燈，但第二天就在房間裡的其他地方找到，所以便沒再注意。至於嘔吐——」

歌羅德接著開口，「醫療中心的報告顯示，她的嘔吐物中有肉屑，草食性精怪對肉類會起排斥反應。推測是在昏迷時被灌了肉湯。」

「是的。」

「珠月說她泡澡到一半聞到熟悉的味道，她說那味道和故鄉——海洋的味道一樣。」歌羅德望向寒川，「然後，寒川教授正好來向我抱怨實驗室的東西被移動過，要我加強防禦系統，被動的恰好是深海靈草。點燃深海靈草後，陸上的空間會變成和海底一樣，對水生族類而言，空氣會變得有如海水，是召喚海系靈獸的必備用品。蛟人珠月的生理系統對深海靈草製造出的擬海底空間產生反應，自動轉換成適於海底生存的半蛟人模式。」

「沒錯！」福星將報告書往後翻了幾頁，「還有理昂——」

「另外，闇血族理昂是被陽光曬傷，他的皮膚被檢驗出有感光的藥水，會讓日光的能量加倍吸收。犬妖被驗出嘔吐物裡有甲殼素，蝦蟹類的海鮮是產生紅疹和皮膚腫脹的原因。蝶精的血液裡有除蟲菊精，製造天然殺蟲劑的主要成分。半人馬和兔精的體內則是有某種特別的植物精華，成分剛好是對他們身體有害。至於雁精，則是體內磁場被打亂，這也被查出他體內有影響腦波的亢奮藥物。」

歌羅德一口氣將報告裡的資訊，簡要地說出，滿意地看見福星錯愕的表情。

「因此簡單來說，這些所謂的『詛咒』，只是過敏反應而已。對吧？」

「嗯，是的！就是這樣！」福星附和，但立即不可置信地開口，「你們都知道?!」

「你以為我們教授群腦殘沒發現嗎？」寒川冷哼。

歌羅德沒好氣地翻了翻白眼，「說都知道也不正確。我們只知道某些事件的產生原因，卻不知道事件背後的動機是什麼。我們能確定對方精通特殊生命體生理狀況，但這個條件太過薄弱。此外，布拉德、翡翠，以及以薩的徵狀，我們仍沒發現病因。」

「為什麼不公布呢？」福星不解。

「你覺得讓學生以為學校裡『好像』有死靈作祟比較好，還是直接公布校園裡『確實』有不明分子到處襲擊人會比較好？」

說得也是……

「所以你的意思是學園裡的人幹的？」

「是有這可能。」歌羅德起身，「但重點是，為什麼？受害者沒有共通點，沒有共同的厭惡者，完全找不到犯案動機。」

「會是白三角幹的嗎？」福星說出理昂的猜測。

「白三角的人不會幹這種等級的事。這就好比黑手黨之間對決不會搞潑糞這一套。」

「呃是。」他懂了。

原來如此……一切的經過，就如同歌羅德所說的。沒有惡靈，完全是人為。

但福星仍有一點不明白，「為什麼要告訴我這些啊？」還有，歌羅德的態度，彷彿早就在等他似的。

「這是寶瓶座要求的，要求我們暫時不公布任何消息。說是想要測試一下新生的能力。看誰能在混亂之中找到線索。」歌羅德露出個苦笑，「雖然我不太喜歡那群裝模作樣的傢伙，但是恭喜，你是第一個來問的。」

「呃，謝謝……」他該高興嗎？

所以說，之前教授們那消極的態度，是因為寶瓶座的緣故囉？這個計畫是希蘭想出來的嗎？還是那位神龍見首不見尾的會長指使的？這樣子耍弄心機，他不太喜歡。

「這只是個小案件，但是處理起來卻又十分麻煩，教授們要是一直到宿舍調查的話，會引起學生不安，而且消息也會外流。」歌羅德繼續開口，意有所指地揚起笑容，「偉大的福星同學，你有辦法找到這個搗蛋鬼嗎。」

福星想也不想，直覺地反應，「有什麼好處？」啊，他被翡翠傳染了。

「你以為你是誰！」寒川忍不住怒斥。

「寒川，別那麼小氣。」歌羅德瞥了寒川一眼，回過頭，繼續開口，「寶瓶座那裡給的是讓你無條件成為正式成員。至於我能給的好處——三千點積分，外加一年份的獎學金！」

「亞伯蘭特——」

「安靜點，寒川。」歌羅德望向福星，「考慮得如何？」

福星揚起笑容，「我非常願意為學校服務！」

第一個問題解決了。還剩一個問題。宿舍裡的老鼠是從何而來？

雖然這件事與攻擊事件無關，但不知道為何，福星的心裡一直有個聲音叫他去調查，他有預感，只要兩個問題都解開，學園就會回復平靜。

返回寢室後，福星回到女宿，前往茸芷的樓層。

同一層樓的幾個房間裡，都找到類似的痕跡，放置食物的箱子，大部分都有個拳頭大的破損。福星詢問了幾個人，證實了房間裡有東西不見的狀況。但因為大多只發生一次之後就不再出現了，加上遺失的東西都只是些小物品，所以也沒人在意。

除了一個人。

福星旋身離開女宿，返回男宿，直搗那唯一在整個事件中，持續「受災」的災民。

「福星！我的餅乾又被偷吃了！」才踏入洛柯羅的房間，哀吟聲立即響起，「太過分了，我已經藏在櫃子最上端了，竟然還是不見！可惡的老鼠！」

看來，關鍵在洛柯羅的房間裡。

「什麼時候弄丟的？」福星詢問。

「昨天晚上吧，我早上醒來就發現可頌麵包和藍莓果醬不見了。」

「這樣啊……」

「怎麼辦，福星？」洛柯羅一臉期待地望著對方，「你能幫我嗎？」

福星沉思了一會兒，腦中浮現了個連他自己都覺得有點蠢的想法。

「我想，或許我有辦法……」

這隻老鼠很精明，如果設下咒語的話，可能會打草驚蛇。只好用最原始最傳統的方式。

午夜時分，洛柯羅的寢室裡，聚集了幾個人。屋裡燈光暗滅，一行人蹲踞在床區的角落，地面上貼著弱小的結界，隱藏著眾人的氣息。

「太蠢了。」小花蹲在牆邊，不悅地低語，「我還在喝奶的時代就沒人用這招了……」

福星握著條繩子，繩子貼著牆，一路延伸至客廳角落的上方，繩子的彼端繫在一個鐵鍋上，鍋子被固定在窗框上側。鍋子的正下方，擺著個竹簍，裡頭放滿了食物。

「不然妳有什麼好點子嗎？」雖然福星自己也覺得蠢，但還是要辯護幾句，「越簡單的機關，越不容易引人起疑。」

「希望吧……」

「這樣抓得到老鼠嗎？福星？」洛柯羅好奇地問。

「我不知道會抓到什麼——」福星低聲回答。

「噓！」小花忽地伸手，按住福星的嘴，尖耳顫動了一下，「有聲音。」

三人立即安靜，屏息以待。

片刻，窗戶邊傳來細小的聲響，束在一旁的窗簾微微地動了動。一個手掌大的身影從窗戶邊緣的隙縫裡鑽入，月光照入屋中，在對面的牆上投映出一個和人一樣高的影子。

這就是茸芷看到的人影。

小小的身影進入屋內，左右徘徊了一會兒，最後，朝著角落的竹簍緩緩前進。

黑影到了竹簍前，停頓了一會兒，一陣細微的磨擦聲之後，竹簍開啟，黑影隨之爬入其中。然後是細微的咀嚼聲。

「就是現在！」看準時機，福星用力拉繩，預設在上方的鐵鍋立即罩下。

「轟！」

「洛柯羅！」

洛柯羅立即衝上前，然後一屁股坐下，壓在鍋子上方。小花趕緊在周圍設下封鎖結界。

大功告成。

小心翼翼地掀開鍋子，裡頭出現了紅紅的小人影。

大約手掌高，粉白的臉帶著紅潤，有如蜜桃，臉上鑲著寶石般的酒紅色眼眸。參差的紅棕色短髮垂在頸邊，頭上戴著三角形軟帽，身上穿著破舊而布滿補丁的寬鬆長袍。

「啊！小妖精！是小妖精啊！」福星驚喜地大叫。

「學園裡一堆妖精，你是在興奮個什麼勁？」

「但是這個是真的小妖精！和卡通和童話故事裡形容的一樣的小妖精啊！」好萌！好可愛！

「我也是小妖精啊。」洛柯羅不甘寂寞地開口。

「呃，你太大隻了一點。」

「原來你就是罪魁禍首！」小花居高臨下地厲聲質問，「為什麼要這麼做？是誰派你來的？」

「對不起……」小小的人影開始啜泣。「對不起，我想加入……一起……」

「她在說什麼啊？」福星問道。

「這是皮克西，低階的妖精族，主要聚集在英國的康瓦爾一帶。靈力很低，一般不具語言能力。早期會寄居在人類的房子裡，不輕易現身。精通藥理學，據說受到人類欺侮的話，會趁夜在對方的嘴裡下毒報復。」小花解說完，回過頭繼續質問，「校內的襲擊事件是你做的嗎？」

小妖精點了點頭，「對不起……」

福星柔聲地詢問，「妳被人欺負了嗎？」看不出來這麼可愛卻這麼狠！

妖精搖了搖頭，「想加入，一起……」

「想加入什麼？」

小妖精又斷斷續續地吐出了一連串的話語，但是前後語意不接續，且摻雜了一些怪異的語音，令人無法理解。

「她說啥？」

小花搖了搖頭。

「他說夏洛姆是非常好、非常有名的學校，他一直夢想進入夏洛姆就讀，成為這裡的學生。但是因為他的等級和靈力都太低了，所以沒辦法入學。」洛柯羅解釋。

「你聽得懂？」福星訝異。

「你聽不懂？」洛柯羅訝異。

「呃，算了。」福星放棄追問，將焦點回到小妖精身上，「那她是怎麼進來的？」

洛柯羅低下頭，兩人用聽不懂的語言對話了一會兒。

「噢，壞孩子。」洛柯羅嘆了口氣，「他說他每天在機場守株待兔，等待夏洛姆的學生經過，然後在倫敦機場溜入我的行李箱，混到學園裡。學園裡的人很多，看起來又很強，他怕被發現，所以一開始是躲在日落森林的一個城堡裡。」

「所以說，那天夜遊時是妳開的門？」

小妖精點了點頭。

「但學園不是有防禦系統？」

「皮克西是等級很低的特殊生命體，幾乎和一般的小動物一樣，就和你買的那隻章魚一樣，低於防禦系統偵測範圍。」小花一邊解釋，一邊露出恍然大悟的表情，「難怪不管如何加強偵查網，都找不到入侵者。」

「她為什麼要攻擊學生？」

洛柯羅低頭詢問，然後開口，「他說這是為了要成為學園中的一分子所設的計謀。」

小妖精補充了幾句。

「他說是福星教的。」

「什麼！我哪有！」別含血噴人啊！

洛柯羅繼續開口解釋。

故事是這樣的……

青璘事件發生後，小妖精躲回男生宿舍洛柯羅的房間裡。那天下課，福星和翡翠一同前往洛柯羅的房間，提起了《白蛇傳》的故事，躲在一旁的小妖精，也聽見了。

小妖精對於白素貞在井中下藥、村民塞爆許仙開的藥舖這一段，得到了深刻的啟示。

如果學園裡出現了無人能醫的怪病，在人人束手無策時，他適時出現，幫眾人醫好了病，這樣，夏洛姆或許會因此而讓他入學。就像村民感謝許仙治好了他們的病，紛紛餽贈禮品一樣。

多麼好的計畫啊！執行起來也相當順利，學園因莫名的攻擊事件陷入了恐慌。

但是，出乎意料的，怪病竟然和死靈詛咒扯上了關係，整個場面落入難以控制的局面，讓小妖精反而不敢出面了。

這就是整個事件的經過。

讓夏洛姆動亂不安了一個多月的元凶，竟是這隻連偵測系統都感應不到的小妖精。而造成動亂的目的，竟是為了得到認同，令人始料未及。

感覺挺荒唐的。

得知這令人尷尬的真相後，一時間，沒人知道該說什麼。

小花率先開口，打破沉默，「所以如果追根究柢的話，都是福星多嘴說了那個故事的關係。」

「哪有這樣的！」

「對不起！」小妖精低下了頭。

「妳說妳在雁精之後就停手？那布拉德、翡翠、理昂還有以薩的事呢？」

「除了理昂，其他的事不是他做的，」洛柯羅解釋，「因為理昂差一點發現他在城堡裡的巢穴，所以他只好也把他……」

嗯，了解。

看著那瑟縮的身影，福星再多怨氣也都消了。他就是拿可愛的生物沒辦法。

福星蹲下身，視線和小妖精平行，柔聲開口，「妳叫什麼名字啊？」

小妖精搖頭。

「像皮克西這種低階的精靈，通常是沒有名字的。」

「這樣喔……」福星停頓了一秒，「我幫妳取名字好不好？」

小妖精驚訝地瞪大眼，然後開心地用力點頭。

「妳的頭髮很漂亮，像柿子一樣，叫妳小柿好嗎？」

小花發出不以為然地噗嗤聲。

小妖精思考了一陣，接著，露出燦爛的笑容，「小柿。」

「對！」噢噢噢！好可愛啊！「小柿！」

「等你要蠢耍夠之後，可以把他交給教授了吧？」小花冷冷地點清現實，「別忘了，不管目的是什麼，他都是造成校內災害的元凶。」

小柿的笑容頓時消失，露出害怕又擔憂的表情。

「幹嘛嚇她啦！」福星轉頭斥責，然後趕緊安撫，「不要怕不要怕，那個姐姐本來就很凶，習慣就好……」

「賀．福．星！」小花不悅的聲音響起。

「我知道啦！」福星轉過頭，重重地嘆了口氣，「我會告知教授的，但是——」他望向小柿，篤定地開口，「我也保護妳！別擔心，妳會沒事的！」

Epilogue

暑假作業什麼的，那是開學後的事

福星帶著小柿前往歌羅德的寢室，說明了事件的始末。坐在貴妃椅上修指甲的歌羅德，在聽完之後，錯愕了幾秒，訝異的望著蹲在福星掌中的小妖精，片刻，噴笑出聲。

「把夏洛姆搞得天翻地覆的，就是這小東西？」歌羅德邊笑邊搖頭，「太荒謬了……」

「事實就是如此。」福星摸了摸小柿的背，安撫她的情緒。

「幸好沒把校長請回來，否則丟臉可丟大了。」歌羅德擦了擦眼角因狂笑而漾起的淚珠，正色開口，「既然找到凶手，接下來就依法處分了。」

「教授，她不是故意的啦！」福星趕緊開口，「雖然造成些傷害，但是小柿自己也知道分寸，把傷害程度控制在一定範圍內，而且——」

歌羅德伸起手，止住福星的辯護，「我就知道你一定會求情。但一切都要照規矩進行。」

福星閉上了嘴，欲言又止。無奈地看著掌中的小柿，兩個人苦情地對望。

「不要在我面前搞溫情戲，弄得我好像壞人似的。」歌羅德皺了皺眉，不耐煩地開口，「按照規定，對學園有害的人必須懲處。同時，對學園有功的人，也會有獎賞。福星，你是這次事件的解決者，所以會有很不錯的獎勵。」

「我知道。」福星悶悶地開口。

「寶瓶座給的是正式成員的保留位，我給的是獎學金和積分點，學校方面也會頒給你一些其他獎勵。」歌羅德意有所指地開口，「你有選擇權。你可以選擇用這些代價，來換取其他你想要的東西。」

福星眼睛一亮，「你的意思是──」

「如果你想要赦免這隻皮克西的過錯，你必須付出一些既得的利益。」歌羅德微笑，「你可以回去考慮一下，是否要放棄某些權益，來交換──」

「除了獎學金，其他的都放棄！」福星想也不想地開口。

「你確定？寶瓶座的正式成員是每個學員的夢想，有許多優勢和權力，對日後的發展也很有幫助。」

「那種心機那麼重的團體，我才不想加入咧！」一想到校內的不安有一半的原因是寶瓶座所造成，福星就不爽。

「好吧，我知道了。」歌羅德起身，走向福星，「你做得很好，真的。」

「謝謝……」福星不好意思地搔了搔頭，「但是，布拉德、翡翠還有以薩的事還沒解開。那個不是小柿做的喔！」

「喔，那個啊。」歌羅德沒好氣地嗤笑了聲，「已經找到答案了。」

「真的？是什麼造成的？」難道真的有死靈或詛咒？

「福星，你多久沒上網啦？」歌羅德拍了拍福星的頭，像是在安撫小孩一樣，「別想太多，事情已經結束了，回房間休息吧！之後還有你忙的呢。」

「可是……」

「我們已經請了最適合的專人過來協助處理了，大概這幾日之內就會到達夏洛姆。」歌羅德揚起曖昧的笑容，「期待吧。」

帶著一頭霧水，回到寢室，福星立刻打開許久未碰的筆電，連上網路。

遊德旅行團員流感，政府緊急封鎖……

福星愣愣，坐在電腦前。原來只是感冒啊……

突然有種空虛的感覺。原本以為學園陷入了巨大的危機之中，但真相揭穿後，其實只是幾個平凡不過的小事件串連在一起，而被籠上了誇大虛無的假象。

「啪！」坐在書桌上大口喝著果汁的小柿，不小心將水杯打翻，弄得全身濕透。

「啊呀呀，沒事吧！我拿毛巾過來。」

小柿甩了甩頭，惱怒地看著身上濕黏的衣服，索性直接脫下——

「不可以隨便脫衣服！」

雖然還是小蘿莉，但也不能——呃，慢著！

「小柿你是男生？」

小柿光裸著身體，狐疑地望著福星。

「皮克西是無性體。」陰沉森冷的聲音從背後響起，「讓我住院一星期的凶手就是他？」

「呃！」福星嚇得回頭，只見理昂站在身後，原本纏在身上的紗布已經拆下，但部分皮膚還是偏紅。

「理昂！你病好啦？」

理昂冷冷地瞪著小柿。

小柿害怕地躲到杯子後方，透過玻璃，戰戰兢兢望著福星和理昂。

福星緊張地看了看小柿，又看了看理昂，「我、我知道你很生氣，但小柿他已經知道錯了，讓你受傷真的很抱歉，你如果要報復的話……」那、那他也不知道要怎麼辦了。

「報復？」理昂揚聲，不屑地開口，「他還不夠格成為我報復的目標。」

「喔……」所以，沒事囉？「對了，以薩他還好嗎？」

現在每個人的病因都找到了，只剩以薩。沒有人知道他七孔流血的原因。

「他沒事。比我早出院。」

「之前提到麗・克斯特夫人時，你說以薩絕不可能被攻擊，是為什麼？」

「自己去問他吧。」理昂冷冷地瞪了小柿一眼，「管好你的寵物。」

語畢，瀟灑地轉身，回到自己的床區。

「哈啾！」小柿打了個噴嚏。

福星趕緊拿起毛巾，裹在小柿的身上。

向來恩仇必報的理昂會不會是因為他，所以不和小柿計較呢？一想到這兒，福星嘴角忍不住揚起。

謝謝喔，理昂。

影響夏洛姆將近一個多月的死靈事件，就此落幕。在某日的集會裡，校方向所有學員解釋了大致的狀況，但是對於小柿的事，卻輕筆帶過，只用含糊的官方說詞告知大家，肇事者已經處理。

或許是歌羅德暗中協助的原因，也或許是因為，堂堂的夏洛姆竟被一隻皮克西搞得天翻地覆，傳出去實在不光彩，於是被刻意隱瞞。只有少數幾個人知道實情。

總之小柿可以毫無顧忌地在校園裡行動。

然後彷彿是撥雲見日一般，令人欣喜的消息接著傳來。

次日，校方接到了校長從南半球發來的公文，宣告這一屆將會舉辦睽違已久的兩校聯合學園祭。

沒多久，學園裡傳來了新進教授的消息，學生之間引起了小小的騷動。

「聽說聘了新的教授，要來開生理保健課！」

「聽說是個美女！」

「我怎麼聽說是很帥的人？」

「總之，對方還在醫療中心兼任醫生呢！」

不分男女，學生間熱絡地討論著這位新人。

新任教授到任後，立即將布拉德和翡翠的病給治好，同時為全校師生安排了疫苗注射。

下午，按照班級，一一前往醫療中心施打。

輪到福星，當他看見那新來的教授兼醫生時，當場愣愣。

「你不是打過了嗎？蠢蛋。」冷冷的嘲諷聲從診療室傳來。

「芙清?!」老姐怎麼會在這裡！難道說——「妳就是新任的教授？」

「哇，好棒的推理喔，真聰明耶，小偵探福星。」賀芙清拍了拍手。

「妳怎麼來了？」福星又驚又喜，「為什麼不通知我啊！」

「詳細情形在email裡都交代得很清楚。我一個多星期前就發了信，而且不只一封。」

賀芙清雙手環胸，「或許某人的信箱已經被色情郵件給塞爆，所以沒收到吧。」

「我哪有！」前陣子他被惡靈事件搞得焦頭爛額，根本沒心思上網好不好！

「總之，接下來我會在夏洛姆待一陣子。」賀芙清無奈地嘆了口氣，「又要看見你，真煩。」

「我也是！」哼！

兩個人沉默了片刻，同時嗤笑出聲。

「多多關照啊。」

「彼此彼此。」

「所以啊，事件就這樣結束了。」福星坐在樹蔭下，吃著薄餅，開心地和悠猊分享最近的事。

「雖然有些人想要對小柿做出處分，但因為小柿的關係，讓人發現夏洛姆防禦系統上的漏洞，加上他的藥草學知識，所以後來教授們都同意讓他留下。現在他在醫療中心當助手，雖然不是成為學生，但也算是夏洛姆的成員之一。後來陸續有些學生有感冒症狀，但很快就治好了。」

「這樣呀。」悠猊點點頭，「近來的病毒越來越強悍，舊有的特殊生命體醫學已經不足以應付新時代了。」真不知道人類是怎麼養出這些東西。

留。

「是啊，」福星啜了口紅茶，背倚著樹，「平靜真好。」真希望這樣的時光能一直停

「嗯……是呀。」

「不過，還是有些問題。」福星困惑地皺起眉，「以薩流血的事，還不知道原因。我想問，但是又怕冒犯到他的隱私。」

悠猊輕笑，「只有這個嗎？」

「啊？」

「麗・克斯特城堡裡的血池。你還沒告訴我答案呢。」

「對喔。」福星偏頭想了一下，「城堡的事有點奇怪，歌羅德說他們派人去查看，但是沒發現那個暗室，只有在隔壁的房間裡找到一個浴室，但裡面什麼都沒有。或許是我們看錯了吧。」

「嗯嗯，還有呢？」悠猊笑呵呵地數算著，「緹絲忒在廁所裡聽到的聲音呀。還有你們一起在中庭裡聽見的怪聲。噢，還有，突然出現在日落森林裡的祭壇。這是怎麼回事呀？」

「聽你這麼一說……」思考到一半，福星赫然驚覺，「我和你說過這些事嗎？」

印象中他並沒有向悠猊提起過啊！

悠猊只是微笑。

「悠猊，你——」

異樣的感覺再度襲來，像破了的水缸一般，傾洩。

這是怎麼回事？

悠猊，你到底是誰？

「有進步，但是還不夠。」悠猊輕聲地低喃，「巡邏那晚的怪聲是我做的，謝謝你們盡職地讓我看了場鬧劇。至於日落森林，噢，它總是讓人驚喜不斷。要知道有些記憶，並不會隨著時間消逝，有些事物，從來不會被真正的毀滅，這些東西，都棄置堆存在那裡。至於那個祭壇……」

啊……那亙久之前，見證他榮光之刻的小小紀念品，在這個時節出現，是在對他的未來提出警訊，還是預告勝利的徵兆？

悠猊淺笑，搖了搖頭，伸出手，撫上了福星的眼。

淡藍的幽光閃過。移開手，福星回復到原本的表情。

福星眨了眨眼，「呃，怎麼了？我剛說到哪兒啦？」

他最近怎麼經常恍神？是春天到了的原因吧。

悠猊笑著提醒，「你剛說到學園祭的事。」

「喔對！」福星擊掌，笑著繼續開口，分享著最新的情報。

燦爛的陽光，照耀著夏洛姆，金色的光線，帶來了光明與和諧。

然而，光亮處，必有陰影。

潛伏在陰影中的觀察者，靜默地窺伺著……

——《蝠星東來Ⅱ放課後的幽靈輔導》完

Side story

未成年的稚嫩肉體

卻藏著成年的祕密・上

S H A L O M　A C A D E M Y

暗夜，夏洛姆教職員宿舍區。

獨棟的二層樓木屋，分散在寬敞的空地上，有如高級度假山莊，每位教授級的員工都有專屬的小屋，構造相同，但外觀多半會由屋主另外裝飾布置，看得出居住者的特色。

其中一棟木屋，外表沒有任何裝飾，維持著最原始的樣貌，無法看出屋主的個性。

屋子側邊的窗口，一陣氤氳的水氣飄出，水氣裡隱約帶著淡淡的桃子香氣。

窗內的空間是浴室，乳白色的大浴缸裡注滿了熱水，水面上漂浮著黃色的鴨子塑膠玩偶，以及黑色的短髮。那是孩童特有的細柔髮絲。

片刻，水中人站起，裹上浴巾，走到置衣區。鏡面前，映照出了一張稚氣幼嫩的容顏，以及矮小的身軀。

寒川看著鏡中的自己，惱怒而無奈地哼了聲，接著匆匆換上衣服。

他已八百多歲了，是學園裡最年長的教師。但是多年前對抗神獸的戰役中，他中了詛咒，從此便維持著這可笑的模樣。

雖然他的能力與體力並未因外觀而受影響，但這樣的處境，更看出神獸下這詛咒的目的不是為了讓他痛苦，而是為了讓他難堪；讓他明白，自己根本不被對方當成敵手，而只是任人耍弄的丑角。

雖然特殊生命體老化緩慢，加上外貌可以由異能力控制，真實年齡難以從外貌判斷，有些人甚至會刻意讓自己看起來處於年幼狀態，讓他人放鬆戒心，但寒川不喜歡這樣子。

他是鞍馬山天狗的嫡系後裔，他想要得到的是眾人的敬畏，而不是親暱與喜愛。

寒川走向書房。屋頂挑高的書房裡，放滿了厚重而深奧的典籍與文件，給人莊嚴肅穆的氣息。他從上了鎖的櫃中慎重地拿出一個鐵盒，鐵盒上印著粉嫩的擬人化動物角色。肅穆的房間，瞬間染上一股溫馨的色彩。

他喜歡可愛的東西，但他不喜歡自己變成其中之一。每當他離開自己的住屋，他便披上虛假的幻象，披上年長而嚴苛的長者外貌。陰鷙的容顏，讓他人對他望而生畏——這就是他想要的。

寒川打開鐵盒，盒中放著一卷古籍。古籍的外觀陳舊，淺褐色的書皮斑駁，上頭帶著些暗紅色的汙漬，外表沒有書寫任何文字，只畫了個像野獸又像惡魔的圖騰。

若是仔細看，會發現書卷的材質，不是紙，而是皮。

寒川的手撫上古卷。

他可以感覺到，隱藏在卷裡的古老咒語在祟動，期待著被人吟誦。

寒川揚起笑容。

再忍一天，他馬上就能擺脫這荒謬可笑的外貌。

到時候，他的生活絕對會——

「這是什麼呀?奶凍捲嗎?」

好奇的嗓音從身後響起。

寒川嚇了一跳,猛地轉身,只見洛柯羅正站在自己身後,掛著那迷倒全校女學生的笑容,無辜地望著他。「我可以吃嗎?」

「你怎麼進來的!」寒川怒聲質問。

「從正門啊。」洛柯羅指了指身後。「我看門沒鎖,就進來了。」

寒川皺起眉,「……我的門上設有攔阻的咒語……」

那是比門鎖更有效的東西,可以阻擋任何未經他允許而想闖入的訪客。

為何失效了?

寒川冷眸審視洛柯羅。洛柯羅微笑以應,看起來十分天真。

「算了……」

寒川沒好氣地哼聲。畢竟是連精靈族的王族結晶都能弄到手、還隨意送人的傢伙,有這樣的能耐他不意外。

「寒川,你生氣了嗎?」洛柯羅彎腰,將臉湊到寒川面前,一臉擔心地詢問。

寒川一把將對方的臉推開,「別靠近我!」

「放心,這次我換了拖鞋喔。」洛柯羅指了指腳,雙足上套著懶熊頭的絨毛室內拖鞋,

「這個，穿起來很舒服。」

「你！」寒川瞪大了眼。這是他跑了好幾間專賣店才找到的限量商品！連他自己都沒穿過幾次的說！「脫掉！」

「我的腳很乾淨啦。」

寒川以強硬的口吻命令，「脫掉！」

「喔，好啦……」

洛柯羅將腳從拖鞋中抽出，寒川立刻將拖鞋自地面拿起，謹慎地拍了拍，並拿到面前端詳，檢查有無毀損。

洛柯羅笑看著寒川的舉動，「既然這麼喜歡，為什麼不穿呀？」

「不適合……」

「不會啊。現在的寒川，穿什麼都可愛！」

「我就是不要看起來可愛！」寒川怒斥，轉身把鞋隨手放到架上的空位。

洛柯羅趁機伸手戳了戳放在鐵盒中的古卷，接著皺起了眉，「噢，不是蛋糕呀……」

「不要亂碰！」寒川把鐵盒重重蓋上，差點夾到洛柯羅的手。

「這個假蛋糕裡面的內容很不好，吃了會拉肚子。」洛柯羅一邊搖頭一邊嘀咕。「很毒的咒語。」

寒川挑眉，「你怎麼知道？」

洛柯羅傻笑，沒有直接回答，而是反問，「寒川，你想詛咒誰嗎？」

「不關你的事！」寒川瞪著洛柯羅，以陰狠的語氣威嚇，「你最好鎖緊你的口舌，不准向別人透露這本書的存在。否則，你將有機會親身經歷這古卷裡的咒語……」

洛柯羅說得沒錯，這本古卷是巫毒的古老祕典，裡頭記載了各種極具殺傷力的毒咒。

但他要詛咒的人，不是別人，而是他自己。

巫毒古卷上，記載著使人在短時間內快速成長、快速老化的咒語。這對他人而言是種恐怖的毒咒，對他而言卻有如救世福音。

他打算以毒攻毒，利用巫毒來對抗神獸所下的詛咒。透過詛咒自己，讓自己的外貌衰老，脫離這荒唐可笑的外表。

面對寒川的恐嚇，洛柯羅不以為意，他淺笑著伸出手，輕輕地摸了摸寒川的頭。

「寒川不會害人。」

洛柯羅說得很篤定，讓寒川微愣，一時間忘了甩開對方的手。

「可是寒川就和福星一樣，總是會弄巧成拙，最後害自己遭殃……」

這番話讓寒川勃然，用力甩開洛柯羅的手。「你到底來做什麼！」

「我想要借浴室。」洛柯羅無辜地說著，「我房間的水龍頭壞了，大眾澡堂的浴池也已經關門了，所以……」

「你不會向別寢的人借嗎？不會沖澡嗎?!」

「可是大家都有事，我現在又想要泡澡。寒川的浴室很香，還有小鴨鴨可以玩，所以——」

「我沒有小鴨鴨！」

「喔，好吧。」洛柯羅點點頭，然後笑了笑，「反正我自己有帶玩具來。」

寒川挑眉，「你帶了什麼？」

「很可愛喔！是福星送給我的！」洛柯羅解下背袋，將手伸入袋中。「看！」

寒川好奇地湊近。

洛柯羅從袋中抽出的，是高度擬真的蟾蜍和海參，背上的疣和顆粒做得非常細緻逼真，還泛著濕潤的光澤。

寒川的臉綠了一半。

「它還會動喔！」洛柯羅轉了轉隱藏在海參身下的發條，接著黑青粗圓的海海參便在他手中蠕動，還發出齒輪的聲音。「很酷吧！福星他去海生館買的，他自己有一條是夜光的呢！」

「噁心死了！」賀福星那白痴！腦子裡到底在想什麼！

「我可以借用寒川的浴室嗎？」洛柯羅再次詢問，俊顏上嵌著的雙眸澄澈深邃，看起來非常誠懇。

看著這樣的洛柯羅，讓寒川聯想到大型犬。

寒川沒好氣地輕嘆了聲，「二十分鐘。」

「謝謝寒川！」

「不准把那些玩具帶進浴室。」

「喔……」洛柯羅抓了抓臉，然後，勾起曖昧的笑容，「那，我可以帶寒川進浴室玩嗎？」

「少得寸進尺了！」

「可是，看到我的裸體，會讓寒川雙腿之間的蜜泉騷亂不已喔。」洛柯羅天真地說著。

「你在胡說什麼！」寒川用力朝洛柯羅的後腦勺揮去，想要給對方一記痛擊。可惜搆不到，小手揮空，打到了洛柯羅的胸口。

「那是學姐寫給我的信裡說的。」

「太荒唐了！」

現在的女學生都這麼恬不知恥嗎?!他應該要稟報桑珌，嚴格限制男女關係，好好肅整校風！

「真可惜。」洛柯羅嘆了口氣，「寒川比小鴨鴨還要有趣的說。」

「閉嘴！快點洗完，快點滾！」

次日，深夜。異能力發展與實作課程。

夜晚共同必修課，寬敞的教室裡坐滿學生，教室前方的大黑板上抄滿了密密麻麻的筆記，並且不時地更新內容，考驗學生的手速和注意力。這是寒川上課的特色之一。寒川禁止學生在課堂上使用 3C 商品，因此學生沒辦法直接拍照，必須乖乖地手抄。

福星奮力抄寫，不時地抽空甩手，放鬆肌肉。

「每次上寒川的課，右手都很忙很痠。」福星邊寫邊抱怨。

「聽起來和你每天晚上做的事一樣呢。」紅葉笑著調侃。「差別只在於寒川的老臉不會讓你在觀看的過程中產生快感。」

福星尷尬地嘿嘿傻笑帶過，丹絹則是不屑地哼了聲，「低級。」

「安靜！」站在講臺上的寒川厲聲斥喝，如禿鷹一般的眼神掃過臺下座位，眾人立即噤聲。

「下星期是期中考週，我們課程進度早已上完。所以——」

「又要增加作業喔……」福星小聲嘀咕。

寒川最喜歡雪上加霜。只要是在活動前、大考前、長假前，寒川總是會刻意出加倍分量的作業，說是為了要磨練學生、開發潛力，以免學生玩物喪志。

「今日預購，早鳥價，九折。」翡翠低聲回應，非常有效率地開放預約出租作業。

寒川繼續宣布，「——所以，今天提早下課，讓大家好好準備。」

話語方落，教室內一片死寂，學生們幾乎錯愕得忘了呼吸。

兩秒後，細碎的耳語聲從座席間響起，沒人歡呼，只有困惑和詫異。

「寒川怎麼了？」

「他竟然沒增加作業，下課前也沒有羞辱我們！」

「他是不是快死了？所謂人之將死，其言也善……」

寒川無視學生們的騷動，逕自收拾完用品，便匆匆離開。

當眾人正為了寒川罕見的德政而歡騰時，洛柯羅咬著偽裝成筆的pocky，看著寒川離去的背影，心裡若有所思。

寒川離開教室後，沒回到辦公室放東西，而是帶著厚重的教材，直接回到宿舍。

進入屋中，他謹慎地在房屋四角設下結界，阻斷屋裡與屋外，讓任何聲音、光線、或是咒語造成的波動限制於房屋內，而不至於洩露自己的祕密。

接著，他在房子的每一處通道，門板、窗戶，全都施了複雜的高階屏蔽咒語。並且，在早些時候，他特地請了研究機關密室的教授，幫他在大門上裝了個複雜的鎖。即便屏蔽的咒語無效，一般人也難以直接入屋。

確認房屋的安全無虞後，寒川走向二樓。他將做為儲藏室的閣樓房間清出空位，做為施咒之處。

寒川手握古卷，照著卷上的指示，在地面上以牛血畫出法陣。

他的臉上戴著懶熊棉質口罩，一方面是為了阻擋血腥味，另一方面則是為了安定心情。

裝著牛血的，是布丁狗頭造型的馬克杯。滴到杯外的血漿，在杯壁上拉出觸目驚心的血痕，使得可愛的馬克杯看起來像是七孔流血的狗頭。

畫完法陣，寒川把裝著牛血的馬克杯放到法陣的北方。下一個步驟，是要在杯中放入受害者的血與頭髮。

寒川從口袋中拿出憂傷馬戲團的大象剪刀，刺破了指頭前端，然後剪下了一小撮頭髮，扔入杯中。

然後，他盤坐在法陣中央，低吟了一句咒語，點燃插在人骨燭臺裡的蠟燭。

蠟燭的火光先是平穩燃燒，接著火燄的顏色轉為青綠，水滴狀的火燄向上拉長，幾乎要碰到屋頂。融化的蠟淚滲入人骨之中，化成血管一般的細小符紋。

寒川靜靜地坐在原地，等著咒語反應。這是他第一次嘗試巫毒，第一次嘗試詛咒；他知道咒語的流程，也知道接下來會有什麼發展，但內心仍有著些許的不安。

片刻，浮現在人骨上的符紋，出現在寒川的肌膚上。

寒川看著手臂上那排細如蟻群的咒語，快速延展伸長，纏繞上他的全身，包裹住他的靈魂，然後，扎根——

潛藏寄附在寒川體內，另一道存在更久遠的詛咒，因外來的刺激而躁動。

學園的另一隅，山林深處的小丘，倚著樹閉目淺綿的少年慵懶抬眼。

困惑的神色出現在悠猊臉上，但瞬間便消失，被玩味的笑容取代。

小烏鴉似乎不太安分吶……

他垂眼，感受著咒語的波動。

巫毒的邪咒？為了擺脫咒詛而無視夏洛姆的禁令，呵，看來寒川是玩真的。

他開始有點欣賞他了吶……

悠猊輕笑。

不過，那種程度的巫毒，想要以毒攻毒的抵消先前的咒語，還差得遠了。

悠猊閉上眼，繼續假寐，但臉上仍掛著笑容。

顯然，明天又有新的鬧劇可看了。他期待著。

巫毒的符紋滲入體內之後，寒川可以感覺到那股冰冷的力量在他體內運行。

但運行到心臟後，咒語變得不穩定。另一股潛伏在體內已久的咒術浮現，與新的咒語互相抗斥。

這也在寒川的預料之內，但他不知道，兩股咒語互相抗衡之後會發生什麼事。

錐心刺骨的疼痛襲向胸口，他痛到趴伏在地。

「啊——！」

接著，疼痛有如潮水捲襲寒川。他身上每一根骨頭、每一束肌肉、每一根血管都在延展拉伸，彷彿被撕裂般的痛苦讓他無暇去留意咒語間的消長。

他跪在地上，手指在木板地面抓出深深的抓痕，他想大叫，卻只能發出痛苦的嗚咽。

不知過了多久，疼痛漸漸退去。寒川躺在地上，全身被冷汗浸濕。

他看向時鐘。施咒的過程不過半小時，他卻覺得彷彿過了一整年那麼久。

寒川緩緩坐起身，望向放在法陣外圈的鏡子，想看看自己的樣貌，但鏡子已經因為咒語的衝擊而碎裂。

他低頭，發現穿在身上的寬鬆衣物此時變得緊繃服貼。袖口和褲管下，伸出了修長的手臂和雙腿。

寒川雀躍不已，迫不及待地起身衝下樓，來到一樓客廳的鏡子前，迫不及待地想看看自己成熟的臉孔，那充滿威儀的外貌。

他推測，以自己的妖力，外貌應該會是在三十多歲左右。或許比幻象看起來年輕一些，但也足夠了，再怎麼樣都比兒童的外形好，再怎麼樣都不會比以往更糟糕——

然而，興奮火熱的心，在看見鏡子時瞬間冷卻。

寒川愣愣，看著鏡中的影像，接著發出哀怨的呻吟，「為什麼會這樣！」

鏡中映照出的，確實不是幼童，而是一名斯文清秀的青年。

是的，青年。此刻的他，就宛如校內隨處可見的學生。

這和他預期的不一樣！說好的老化和成長呢？他不惜違法犯紀，忍受痛苦，可不是為了變成這副模樣啊！

站在鏡前的寒川失望過度，以至於忽略了周遭的狀況。

「寒川，我又來借浴室囉——」洛柯羅的聲音出現在屋內，話語驟然停頓，「呃，你看起來不太一樣……」

寒川嚇了一跳，猛地轉身，發現抱著小水盆的洛柯羅正站在自己身後。

「誰准你進來了！」

該死的！被發現了！

不過沒關係，如果是洛柯羅的話，他相信對方不會洩露出去，情況還不算太糟——

寒川是這麼想的，直到他發現，洛柯羅的身後站著一道酒紅色的身影。

他的心涼了半截。

「哎呀呀，哪裡來的小鮮肉？多麼可口！」歌羅德雙手環胸，一雙媚眼裡漾著濃濃的幸災樂禍，「我聞到違規的味道囉。」

「為什麼你在這裡?!」寒川質問。

「寒川的房間上了鎖，我進不來，所以找班導幫忙。」洛柯羅解釋。

「上了鎖就是不想被你打擾！」寒川瞪向歌羅德，「你什麼時候變得那麼好說話？」

「我向來不會錯過任何激怒你、取笑你的機會。本來只是想來鬧鬧你，敲敲門就走。結果一靠近，就發現這房子被設下了重重的屏蔽咒，讓人不好奇也難。」歌羅德笑了笑，「我還以為你召妓，畢竟如果不付費的話，沒有正常人會想和你發生肉體關係。沒想到你玩這麼大……」

「閉嘴！你這下流的雜碎！」

歌羅德仰首大笑，「你還沒見識過我真正下流的樣子。」他哼笑，「夏洛姆沒有禁止下流，但是明文禁止施行詛咒。」

「我沒有違反規定！」寒川辯解，「我沒對任何人施詛咒，我施咒的對象是我自己！」

「一樣違規。施咒的行為本身就是被禁止的，況且『任何人』一詞也包括了自己，夏洛姆不允許有人自殺，我們可沒多的空間給你製造兇宅。」

「我又沒死！」

「你差點死了。」歌羅德臉色一凜，一改戲謔的神色，轉為嚴肅，「你根本不懂巫毒，你以為可以靠咒語讓自己老化到預期的樣子，但是你不知道咒語本身是嗜血的。它不只讓外表衰老，也會奪去你的體力，直到將你榨乾為止。你根本不知道你的健康被啃蝕了多少。說不定明天過後，你的名字就會被刻在悼念碑上，我新買的黑色禮服就有穿出場的機會。」

寒川不語。

巫術方面，歌羅德是專家。他不喜歡歌羅德這個人，但信任他的專業。

歌羅德走向寒川，抓起他的手腕。寒川本想抗拒，但最後還是順服，畢竟他是被抓住把柄的現行犯。

歌羅德從腰間抽出匕首，寒川本以為對方要割他的手，沒想到歌羅德將匕首一轉，朝向自己，接著在鎖骨中央下方一吋的位置，輕輕地劃出了道傷口。

血珠自傷口流下，滑向衣襟深處。歌羅德收起刀，將手放到寒川的鎖骨中央，和自己的傷口相同的位置。

歌羅德的手非常溫熱，指尖出乎意料地柔軟滑膩，像絲綢一般。他彷彿感覺得到對方指頭底下的血管在流動。

歌羅德盯著寒川掌心紋路的變化，片刻，將手放下。

「你應該慶幸，你身上的詛咒威力比巫毒更強，巫毒的咒語讓你外表老化到二十七歲時就被壓制住，停止運行了。」

「二十七歲？」寒川挑眉。

「是的，二十七歲，誤差範圍正負兩年。」歌羅德輕笑，「看來你就算成年，也擺脫不了娃娃臉吶。」

「可惡……」寒川懊惱地低咒了聲，「我會像平常一樣，施展偽裝幻形咒語，不會有人發現今晚發生的事。」

「或許吧。」歌羅德輕笑。

寒川聽出歌羅德的話中有弦外之音，但並未理會。他低吟幻象的咒語，想要披上偽裝。

然而，張立起的幻象才剛成形，便如衛生紙般軟趴趴地垂落、消失

寒川瞪大了眼，震驚不已。

「為什麼會這樣！」

「你的外貌在兩種詛咒的影響下發生劇變，現在無法支撐附著任何變幻形貌的咒語。除

非你直接化妝易容，否則是無法遮掩現在的模樣了。」

「什麼！」

他要怎麼以這外貌見人?!

無法使用幻象偽裝自己，別人會怎麼看他?!他要怎麼向眾人解釋——

「別擔心，雖然看起來處境很糟，但至少還是有好處。」歌羅德笑道。

「什麼好處？」

歌羅德伸手，塗著鮮紅指甲油的長指扣住寒川的下巴，他像盯上獵物的蛇一樣，笑著打量著寒川。

「你的臉是我喜歡的那一型。」

那眼神，讓寒川覺得非常不妙。

「歌羅德教授，你也蜜泉騷動了嗎？」洛柯羅很不適時務地插嘴。

「豈止騷動，都要爆漿了呢。」歌羅德大笑，「如果我有那種東西的話。」

寒川對這低級的對話感到一陣暈眩。

他長嘆了一聲，認命地開口。「我會去向桑珌自首的……」

沒辦法施展偽裝，他違反規定施行禁咒的事馬上就會被發現，藏不了多久的。

與其等著被人揭穿，不如自己負荊請罪，至少還留有尊嚴。

「幹嘛這麼悲觀？巫毒咒語造成的影響，遲早會被既有的咒語消融化解，雖然之後可能會有些後遺症啦。最多十天，十天之內你必定會回復成原來的樣貌。」

「真的？」寒川的眼中重燃起希望。

「我所說的原來的樣貌，是指你幼童的模樣，神獸的咒語還是存在。不過，到時候你就可以繼續施展幻形咒語。」

「我知道。」寒川安心了不少。

不過，還是有個小麻煩要處理。

他可以請十天的假，但是臨時要突然請這麼長的假期，必須親自去向桑珌報備。最重要的是要找職務代理人，否則很難通過。此外，這十天內他要怎麼行動也是個問題——

「我可以幫你掩飾。」歌羅德彷彿看出他的顧慮，忽地開口。

寒川訝異不已，「你確定？」

「但你必須接受我的安排，不准有意見。」

「你不告發我？我以為你討厭我。」

「我討厭你的自以為是，但這遠遠不及我喜歡作弄你、看你炸毛的程度。」歌羅德坦然地說著。

寒川看著歌羅德，沉默了許久，才彆扭地開口，「我欠你一個人情。」

「你可以直接表達謝意。」歌羅德輕笑，「一板一眼又固執。這是我討厭你的原因，也是我欣賞你的理由。」

他再度從上到下，徹底地打量了寒川一番，「現在我又多了些可以欣賞的東西，呵呵……」

寒川忍不住退後一步，將雙腿併攏。

「那個……」站在一旁的洛柯羅舉手，屋裡的兩名教師同時回頭。「我可以去洗澡了嗎？」

次日，傍晚，班級時間。

一年C班共同教室裡，大家早已到齊，等著身穿華麗旗袍的歌羅德宣布事項。

「雖然馬上就要期中考，但因為有要事宣布，所以耽誤大家的自習時間。反正只剩三天，不如多做點善事，扶幾個老太太過馬路，說不定累積的人品，會比認真念書拿到的分數還要高。」

「或者多買幾個增長智慧的開運靈石，也是很有效益的。」翡翠在底下趁機小聲宣傳。

福星認真地思考著。不曉得他是在考慮扶老人過馬路，還是考慮向奸商購買成分和成效都非常可疑的靈石。

歌羅德繼續宣布，「第一件事，因為寒川教授生病，所以下星期所有寒川教授的課都由我來代，包括期中考。」

歡呼聲從教室裡響起。

「太好了！」

「我就知道，他昨天怪怪的，果然是有病！」學生們信誓旦旦地說著。

「可惡，竟然只有一星期。我會好好珍惜這段時光的！」

歌羅德看著底下七嘴八舌討論的學生，在心裡憋笑。片刻，才再度開口，「第二件事，我們班來了個轉學生。」

學生們非常訝異。

「怎麼會有人在這種時候轉學？」

「一來就遇到期中考，真倒楣。」

「不對，一來就遇到寒川請假，真幸運！」

眾人點頭稱是。

「我們以掌聲歡迎新同學！」歌羅德朗聲宣告。

底下坐席傳來稀落的掌聲，只有福星和洛柯羅兩個人使勁地鼓掌。

教室的門扉緩緩開啟。穿著學生制服的寒川，尷尬地步入教室，走向前方。

他的臉色很差，以怨毒的眼光瞪著班上的學生。

方才在外頭，教室內的歡呼與討論他全都聽見了。

這些該死的混帳……

寒川帶著怨氣的眼神和臭臉，非常成功地讓自己的好感度在瞬間降到最低。只剩濫好人賀福星和早就知道他真實身分的洛柯羅，仍然對這名「轉學生」興致勃勃。

「老師，新同學叫什麼名字？」

寒川站在臺前，愣愣在地。

他沒有預備假名。並不是因為疏忽，而是他本來以為歌羅德會讓他低調地進入班級，憑著特殊生命體的排他本性，不會有人對他好奇，更不會有人主動搭理他，他可以默默地獨自度過這十天。

但是現在搞了這樣的排場，加上對任何事都一頭熱的賀福星攪局，害得他騎虎難下。

「他的名字叫寒——」歌羅德開口。

寒川的心揪了一下，緊張不已。

歌羅德刻意停頓了一下，「寒山。」

聽到歌羅德報出的假名，寒川的臉色更差了些。

「寒山？」丹絹開口發問，「是那個『姑蘇城外寒山寺』的寒山？」

「對。」歌羅德隨口回應。

寒川皺眉。

不要幫他亂加設定！

「好酷的名字喔。」賀福星讚嘆，「為什麼叫寒山啊？」

「因為他爸讓他媽在寒山寺受孕，所以取這名字做紀念。好了，閒話休提，只是來了個轉學生而已，也沒什麼大不了的。」歌羅德拍了拍寒川的肩，「那麼，現在請寒山同學自我介紹吧。」

寒川咬牙，瞪著歌羅德，眼中的怒火幾乎可以把人射穿。但歌羅德完全不在意，非常樂在其中。

「為什麼一直盯著我看呢，寒山同學？」歌羅德做作地開口，「難道，你迷上我了？」

「怎麼可能?!」

「在夏洛姆，師生戀是不被允許的。」歌羅德長嘆了一聲，接著伸手撫上寒川的臉，「不過，老師最喜歡挑戰禁忌。不被允許的禁果，嘗起來特別美味，是吧，寒山同學？」

學生們紛紛嘘聲，只有珠月興奮不已地頻頻點頭。

寒川聽出歌羅德話語中的暗示，立即收斂起氣燄，咬牙，沉聲對著眾人開口，「……我叫寒山。」

「就這樣？」歌羅德笑著追問，他沒打算這麼輕易放過寒川。「不多說一點？興趣呢？嗜好呢？平常的休閒呢？喜歡的對象類型呢？」

寒川瞪了歌羅德一眼，然後低沉地開口，「我的興趣是學術研究……」

「真無聊。」臺下有人發出評論。

寒川沒理會。他就是希望別人覺得他無聊。

「是研究哪些學術呢？巫毒方面嗎？」歌羅德非常壞心地又調侃了兩句才放過他。「入座吧，不懂的事可以問班代賀福星。剩下的時間大家繼續自習。」

寒川默默地走下臺，找了個最角落的位置坐下。才剛坐定，福星和洛柯羅兩個人便立刻靠過來。

「嗨！你好！我是班代賀福星。」

「嗨！你好！我不是班代，我是洛柯羅！」

寒川看了兩人一眼，隨便點了個頭，沒多理會。

「一來就擺架子，挺狂的。」坐在不遠處的布拉德不以為然地哼聲。

寒川瞥了布拉德一眼，沒好氣地翻了個白眼，哼了聲。

血氣方剛的毛頭小子……

「啊呀，寒山應該只是害羞啦。」福星趕緊打圓場，「不過你轉來得真不是時候，下星期就要期中考了，還有很多作業要交的說。」

「但是面對考試不用擔心。」翡翠插入對話，「身為考生之友，我特地在期中考期間推出限量的應考三寶特裝組，讓你在各路神祇的加持保佑下，輕鬆面對任何考試，只要十九歐元。你是轉學生，特別給你新人價優惠，千萬別錯過，包你一試成主顧。」

「過程輕鬆，結果沉重。」丹絹冷聲吐槽。他的情緒不太好，因為上一堂課在寒川出的期中作業遇到了瓶頸。

「你運氣不錯，剛好有一個很討厭的教授請假。」翡翠繼續開口，「他作業出的又多又刁鑽，嚴肅龜毛又不近人情。」

寒川臭著一張臉，費了很大的力才不發怒。

「……或許是因為他求好心切，天真地以為在壓力催逼之下，有可能激發出學生貧薄的潛力……」

翡翠挑眉，「你講話方式和寒川頗像，你們是親戚嗎？」

「我、呃——」寒川語塞，但立即靈光一閃，「因為寒川教授學識淵博、能力傑出、慈悲為懷，對特殊生命體界有不少貢獻，因此名聲遠播，即使是外人也聽聞過他的事蹟。」

他趁機頌讚自己一番，想反轉自己在學生之間的形象。

只見福星等人露出困窘的表情，顯然對於那番話不予苟同。

「是誰散布這種謠言？」

「這比我的商品廣告還不實。你與其相信那種謊言，不如來買我的應考三寶比較實在。」

寒川簡直氣炸。

「真的那麼糟？」他忍不住小聲低喃。

「寒川教授也有和善的一面啦！只是平常比較嚴肅而已，其實他很可愛喔。」福星笑著開口，本來是想要安撫新同學的心情，但卻莫名地換來一記惱怒的眼神。

「寒川的課不好應付，你剛來可能會不習慣。」珠月溫柔地說著，「之後有困難的話，我們可以互相幫忙，不用擔心的。」

寒川不語，但心中對珠月的印象加了不少分。

「偷偷教你一招密技，保證大大提高你過關的機率。」福星在寒川身邊小聲說著，「不過這招是險招，你知道以後別向外人透露。」

寒川眼神一凜，冷聲詢問，「什麼密技？」

難道是作弊?!

該死的廢物，枉費他如此信任這個一臉天真的蠢貨，沒想到他竟然在背地裡做這種勾當！

他的心裡有種被背叛的感覺。

福星笑了笑，很高興對方感興趣。他壓低了聲音，像是在傳授什麼獨門武功一般，審慎地交代，「只要把作業印在懶熊花樣的紙上，寒川教授就不會退回。只要是沒被退回的作業都會拿到七十分以上。」

說完，朝著寒川眨了眨眼，一副「你也是共犯囉」的表情。

寒川愣愣，隨即轉為惱羞。

這什麼愚蠢的爛密技！重點是他還該死的中計了！

沒想到那可愛精美的圖案下，竟然包藏著這樣的禍心！可惡！早知道他就不要心軟，收下那份作業！

寒川一方面氣惱自己，但另一方面卻也稍稍鬆了口氣。

幸好不是作弊……

他並沒有被背叛。

「寒山同學和歌羅德是甚麼關係呢？」珠月本想不動聲色地提問，但她那過度興奮的語調和眼神露出了破綻。「感覺他很欣賞你的樣子。」

寒川嗤笑，篤定地回答，「不可能。」

「他很少對學生那麼……親暱呢。」珠月興致勃勃，「平常他只有在揍人的時候會觸碰學生，你是第一個被他碰過卻沒有受傷的人，他沒有在你身上留下他的烙印。」

這話聽起來有點詭異，但寒川一時之間又不知道原因為何。

「那只是因為——」寒川想要找藉口，思考了一秒後，想不到什麼正當理由，只好籠統地回答，「或許對他而言，我不只是學生。」

這也是事實。他不是歌羅德的學生，而是同事，也是握有把柄的死對頭。

但寒川不懂為什麼珠月聽了這番話後突然心花怒放，更不懂為什麼布拉德一直用凶狠的眼神瞪他。

他的學生，比他預想的還莫名其妙。

坐在一旁和作業苦戰的丹絹，發出一陣躁鬱的低吼，然後粗魯地將面前的簿本闔上，收入背包之中。

「怎麼樣？解出來了？」翡翠關切，並不是出於同學愛，而是單純地想借來抄。

「我晚點去圖書館一趟。」丹絹懊惱低語。

顯然答案是否定的。

「你加油。」翡翠拍了拍丹絹，然後很有義氣地拿出一罐金色的小藥瓶，「這罐遠東海島出產的東亞神油，具有神奇的功效，只要食用少許，便能虎虎生風，一展雄圖。我免費借你使用，只要你在作業上有所突破時，能記住我的貢獻。」

「那是你上次和我借的萬金油！」福星眼尖地認出翡翠拿的小藥罐。「那不能吃啊！」

「噢，我還沒還你，所以現在使用權在我手上。」翡翠狡辯，「順帶一提，我非常確定，吃下去這東西之後，精神會非常好，睡意全消。」

看來有人親身試驗過。

寒川看著福星等人之間的互動，對翡翠的行銷手段咋舌不已。

「不用。」丹絹冷冷拒絕，「況且，我不知道自己是否有辦法完成……」

寒川出的作業既多又難，這次的期中報告更是卯足了勁，出了一整本的題庫，有些連課本裡都找不到，答案可能藏在寒川上課時提到的某本書裡的某個角落裡。

「可以問寒山呀。」洛柯羅忽地開口。「他很厲害喔！」

眾人的目光移向寒川。

忽然變成焦點，寒川一時間不知所措。

「呃，我可能……」寒川打算裝傻打發掉。

「你確定？」丹絹狐疑地瞥了寒川一眼，然後望向洛柯羅，「這可是寒川出的作業，他只是中途插班的轉學生，似乎不太可靠。」

丹絹雖沒明講，但話語中透露出對「寒山」的輕視。

這樣的舉止讓寒川不悅。

「試試看嘛。」洛柯羅催促。

丹絹看了寒川一眼，接著不太信任地把作業本遞到寒川面前。

寒川拿起筆，兩三下就把答案解出。接著一臉漠然地把本子還給丹絹。

看著丹絹挫敗又驚訝的表情，寒川感到一陣痛快。當他意識到自己竟然和學生計較時，又為了自己的幼稚感到懊惱。

「你……」丹絹煎熬地吐出話語，「是個很強勁的對手。」

他很少稱讚人，這句話對丹絹而言，已是最大的讚美。

寒川隨便點了個頭，沒有任何勝利感。

那是他出的作業，他當然解得出來，這沒什麼好得意的……

下課後，學生各自分散。寒川本打算直接返回教師宿舍，但是福星和翡翠一直跟在他身旁，讓他無法脫身。

「寒山同學，有沒有興趣和我合作？」翡翠不斷地在寒川耳邊說自己的商業經，「我們可以開課後輔導班，先從小班教學，一次收四個學生，教他們寫作業，準備考試。我可以把上課過程錄下來，燒成光碟，變成函授課程，我們四六分帳……」他停頓，打量寒川一秒，「你挺上相的，我們可以把你包裝成資優姿優美少年名師的形象，順便發行個人專輯。」

「你乾脆順便安排他上綜藝節目算了。」福星忍不住吐槽，「不要讓寒山同學困擾啦！」

「我相信以寒山同學的智慧，能夠明白我們合作會為他帶來多大的經濟利益。」翡翠繼續遊說，「這對你百利而無一害，我想不出你有任何拒絕的理由。」

「我不缺錢。」寒川一句話，堵死翡翠。

看著翡翠吃癟的表情，寒川的心裡又萌生了一陣快感，但又立即為自己幼稚的反應感到惱怒。

竟然和學生一般見識，太愚蠢了……

不知不覺間，一行人已來到了男子宿舍前方。

「寒山，你住哪間寢室啊？」

「呃，我，我還有些事……」寒川踟躕不前，想要找個藉口離開，他不能隨口掰出寢室號碼，因為馬上就會被拆穿，到時候要解釋更麻煩。

「他和洛柯羅住同一寢喔。」洛柯羅搶先開口。

寒川愣了一秒，看向洛柯羅。洛柯羅微微地向他點頭，打了個暗號，於是寒川僵硬地點了點頭。

「喔！那太棒了，都是自己人！這樣我們之後就可以去你們寢室玩了！」

福星看起來很開心，洛柯羅也是。寒川不懂，只是和熟人住在同一間寢室，這有什麼值得高興的。

他只暗自慶幸，他暫時通過了眼前的窘境。

進了宿舍後，大家各自分散，回到自己的寢室。寒川也做做樣子，跟著洛柯羅回寢。

洛柯羅的寢室只有他一個人住，獨享雙人房的空間，衛浴設備也只有一人使用。

一踏入房內，只見客廳區的牆邊堆滿了東西，都是大大小小、包裝精緻的禮物，有的已拆封，有的還沒拆。就連茶几和沙發上也放了些小型的禮物。

「你的東西真多。」

「那是別人送的喔。」洛柯羅笑著把沙發騰出空位，「大家都很親切，常常送我禮物，還寫卡片給我。有些東西我不知道要怎麼辦，所以就放在那邊。」

「你就這樣屯積著不管？」

「翡翠定期會來整理，順便拿走一些東西去轉賣。」

「奸商……」

洛柯羅走到房裡，對著外頭的寒川詢問，「寒川要吃餅乾嗎？學姐送了我一包手工巧克力餅，味道很好喔！還有之前收到的仙貝和麻糬……」詢問的聲音停頓了幾秒，「嗯？什麼時候多了海苔口味的麻糬？不知道是誰幫我灑了海苔粉……」

寒川皺眉。

那是發霉吧……

他已打定主意，絕對不碰洛柯羅端出的任何食物。

寒川本想直接離開，但又怕太早走會在外面遇到福星他們。他無聊地打量著四周，看著那小山一般的禮物堆，在心裡暗忖。

這裡根本是座垃圾山。

然後隨手拿起一個擱在沙發上、拆封拆一半的禮物，隨性一瞥。

他震懾。

因為包裝紙裡包著的，是只在限定專賣店販售的懶熊抱枕！而且是早已絕版的超夢幻逸品！

寒川感覺自己的手在顫抖。他把那抱枕慎重地放下，然後拿起另外一個還沒拆封的禮物，粗魯地打開，想藉此分散注意力。

但是，拆封後，出現的竟是卡娜赫拉 Piske 粉紅兔湯碗組。

寒川深吸了一口氣，緩緩地將湯碗組放下。

然後再拆了一個禮物，出現的是水豚君的毛毯。

寒川看著滿山滿谷的禮物，心裡暗自讚嘆。

這裡……根本是天堂……

沒多久，洛柯羅拿了一盒杯子蛋糕和一杯白開水走出。

寒川看了杯子蛋糕一眼，咖啡色的蛋糕無法從外觀判斷本質是好是壞。

白開水是裝在家事小浣熊的馬克杯之中，寒川默默地拿起杯，津津有味地啜飲起杯中水。

「我一直都是一個人住。」洛柯羅站在寒川旁邊，一邊啃著小蛋糕，一邊興奮地說著，「第一次有室友。」

「嗯。」寒川淡然地應了一聲。

「我想要有室友，可是剛好都沒人排到。我以為過一陣子之後就不會想要了，沒想到反而越變越貪心，我想要的不只是室友。」

「什麼意思？」該不會是想要女室友吧。

「我希望能和我喜歡的人住在一起，像是福星、翡翠他們。」

「喔。」看來是他想太多了。

「還有寒川。」洛柯羅看著寒川，揚起深深的笑靨，「我最喜歡寒川了。可是寒川是老師，沒辦法當我室友。沒想到，現在竟然成真了呢！」

這只是暫時的。寒川本想這樣回應，但是話到嘴邊，卻收了回去。

因為，他突然想到，難道，洛柯羅動不動就往他的宿舍跑，是因為寂寞的緣故？

寒川看著身形英挺俊帥的洛柯羅，然候看了看堆在地上的禮物。

人緣這麼好，怎麼可能寂寞……

寒川暗暗地否定了自己的假設。

「還要來點水嗎？」洛柯羅詢問。

「不了。」

寒川將馬克杯遞給洛柯羅，洛柯羅接下時，不小心將手上的巧克力醬沾到了寒川手上。

「噢！抱歉！我幫你擦掉！」洛柯羅伸出手，打算把那抹巧克力醬抹去，但寒川抽開了手。

「不用。」寒川逕自起身，走向浴室，將手清洗乾淨。

要離開浴室前，他腦中忽然閃過了一個念頭。

他轉過身，走向浴缸，然後扭開水龍頭。

水流自出水口流洩，他轉了轉水龍頭，水勢、溫度都能正常控制。

寒川看著水流，不發一語。

「寒川，」洛柯羅的叫喚聲從外頭傳來，「你生氣了嗎？」

「……沒有。」

「那，你今天晚上會留下來嗎？」

寒川沉默了片刻，長嘆了一聲。

「會。」

——番外〈未成年的稚嫩肉體卻藏著成年的祕密．上〉

高寶書版集團
gobooks.com.tw

輕世代 FW194
蝠星東來02

作　　者　藍旗左衽
繪　　者　ダエ
編　　輯　謝夢慈
校　　對　林紓平
美術編輯　彭裕芳
排　　版　彭立瑋
企　　劃　陳煒翰

發 行 人　朱凱蕾
出　　版　英屬維京群島商高寶國際有限公司臺灣分公司
　　　　　Global Group Holdings, Ltd.
地　　址　臺北市內湖區洲子街88號3樓
網　　址　www.gobooks.com.tw
電　　話　(02) 27992788
電　　郵　readers@gobooks.com.tw（讀者服務部）
　　　　　pr@gobooks.com.tw（公關諮詢部）
傳　　真　出版部　(02) 27990909　行銷部 (02) 27993088
郵政劃撥　19394552
戶　　名　英屬維京群島商高寶國際有限公司臺灣分公司
發　　行　希代多媒體書版股份有限公司/Printed in Taiwan
初版日期　2016年 6 月
九刷日期　2020年11月

國家圖書館出版品預行編目(CIP)資料

蝠星東來 / 藍旗左衽著.-- 初版. -- 臺北市：高寶國際, 2016.06-
冊；　公分. --

ISBN 978-986-361-300-8(第2冊；平裝)

857.7　　105000347

三日月書版

三日月書版

GOBOOKS
& SITAK
GROUP©

GOBOOKS
& SITAK
GROUP©